U0036134

GAEA

GAEA

因與聿案簿錄 五

失去
なくす。

護玄──著

因與聿案簿錄五
失去

目錄

人物介紹

虞因

大學生，有自然捲，髮色大多時間是褐色的（萬年染色款）。性格愛玩有點衝動，經常和同學出入夜店與夜遊，不過遇到正事時又很沉得住氣。有陰陽眼。

少荻聿

高中生，黑直髮紫色眼睛。皮膚白皙，有外國血統。因為家裡發生滅門慘劇受到很大打擊，變得不願／不能說話，但是個性細心，在語言方面很有才華。

虞夏
虞佟的雙生兄弟，阿因的二爸。警員，脾氣非常暴躁但辦事效率極佳，指著他叫小鬼必定會被揍。目前在刑事組任職，幾乎整年都在跑現場查案。
虞佟
阿因的父親。警員，黑髮娃娃臉(有著高中生般的面孔)脾氣非常溫和，擅長烹飪，因為曾經重大車禍關係所以視力衰弱。
嚴司
撈過界的法醫，暫時到本市警局支援法醫工作。興趣是遊玩人間，不過經常加班趕工沒得玩。

一點點細小的聲音在房間內響起。

暗綠色的燈光在黑夜中晃動著，房門外似乎可以聽見一些大人們的交談聲，但是他卻沒有興趣趴在門板上仔細聽他們在說些什麼。

那與他無關。

踏在木質地板上的腳步幾乎沒有發出聲音，他環顧著四周。這是個女孩的房間，摺得整整齊齊的棉被，帶有淡淡香氣的床鋪，枕頭邊有些書籍，地面上散落著一些小飾品。

黑色的身影融入黑色的房間，像是在夜裡遊走的蛇一般靜默無聲。

輕輕地彎下身，他從桌面上拾起本子，上面有一些似乎是要寫信給別人而留下的草稿，畫上了不少刪除線以及修改，慎重其事。

翻閱著本子，他露出一種近乎嘲諷般的冷笑。

您好：

最近天氣變冷了呢，虞先生有多穿一點衣服嗎？

我想跟您說，最近學校同學們似乎因爲天氣冷所以心情都不是很好，常常在廁所那邊看到有人打架，所以都要繞到比較遠的地方，如果可以解決就好了。

這次的考試我進步了，希望有一天也能夠像虞先生一樣幫助很多人。

您好：

謝謝您上次在週刊上的防身術特刊教學，雖然我有點認爲可能是上次我對您抱怨您才接受訪問的，不過也可能是我自己想太多。

我傳給一些朋友一起看過了，或許會找時間眞的到外面找教室學習，非常謝謝您。

學校最近還是一樣，不過有點奇怪，有些人感覺怪怪的……大概是我多心了。

快要放寒假了，希望期末考可以考得不錯。

您好：

如果可以，我很希望虞先生能到我們學校看看。
不過我想這大概是不可能的事情。我有時覺得學校裡面不太對勁，讓我有點害怕。
學妹說可能是我想太多了，我也這樣認爲。
但是我嘗試著打進那些人的圈子，卻遇到很怪異的事情，現在我還無法確定，過一陣子我再告訴您好了。
再過不久就是年終了，虞先生會跟全家一起放假嗎？
我記得多年前就是因爲虞先生的幫忙，所以我還活著。
希望有一天我可以鼓起勇氣，當面謝謝您。

門外傳來的聲響使他中斷了翻閱本子的動作。
「姊姊的房間裡面好像有人耶……」
「眞的嗎？」
「姊姊不是還在學校晚自習嗎……」
「去看看是不是有小偷！」

1

那一天就像現在一樣下著雨，窗戶外頭的雨水將透明玻璃淋得模糊，難以看見景物。

洗不淨的罪惡與悲傷依舊蔓延在城市各處，它們一向永無止盡、也從未平息，像是時間的輪迴般不斷地重演，沒有人懂得按下開關停止一切，也不會有人懂得應該奉獻力量阻止這一切。

世界的黑色面於是如此構成，在姑息以及被姑息之下。

男性與女性大喊大吼的聲音，冰冷的雨水像是被驚擾一樣，不停地墜落到地面上，高低地敲出了漣漪，但無論雨有多大，都無法遮蓋刺耳的聲音，它就像一把穿透世界的利刃，將一切都變得血肉模糊。

他們不停吵鬧、破壞，那些聲音像是尖刺一樣，不停竄入聽覺、身體，還有記憶當中，無數次接收到的都是如此。

雨下得很大，大得像是永遠都不會停止，就像那些事物對他的傷害永遠不會止息。

如果那時候有人能夠發現就好了……

只要有一個人……

□

「阿因，你是不是睡過頭了啊！」

早晨六點多，虞佟獨自把全家人的早餐都打理好，放下抹布後看了時鐘一眼，才發現除了早早就在客廳看電視的聿之外，平常早該起床的人到現在都還沒下來，「夏！你今天不是也要早起嗎？」這兩個人是約好要一起睡過頭嗎？

環著手，虞佟又在樓梯口喊了兩、三聲。

大概過了兩分鐘之後，他就聽到樓上傳來某種乒乒乓乓的聲音，有人在自己的房間裡面橫衝直撞，接著又撞到門，發出唉呦的聲音才開了房門衝出來。

「大爸，你要早點叫我啊……可惡，最近一直都在下雨，太好睡了。」抓著一頭像是被炸過一樣的蓬毛亂髮，完全睡過頭的虞因整個驚醒後衝下樓梯，有點半抱怨地說著：「我把早餐帶去學校吃，聿要跟我一起去嗎？」

「你先出門，我等等載他。」旁觀著自家兒子抓著餐盒快速地把早餐塞進去之後，又衝進浴室抓了兩、三次頭髮，還不停叫著「爆炸頭抓不好」，最後用了一大堆髮膠才固定住，然後又衝出來，急忙跑到玄關，虞佟說：「阿因，外面還在下雨，你要記得穿雨衣。」

「好啦。」

穿好鞋子之後，虞因像是突然想到什麼一樣，很快又折返，踏著鞋子直接殺回客廳去。

還坐在沙發上看電視教學的聿轉過頭來看他。

和平常不一樣的是，今天聿身上穿著高中的白色制服，而那所學校就位於虞因就讀的大學對面，也就是方苡薰就讀的那一所。

新學期一開始，聿果然以很高的分數輕鬆通過轉學考，然後在校方的歡迎下，正式進入學校就讀。

今天就是上課的第一天。

外面還在下著雨，但仍然是好的一天。

「加油喔，如果有人堵你的話，打手機給我，我馬上從對面撂人來幫你修理那些不知死活的高中生。」聽說最近校園暴力充斥的虞因用力拍拍小聿的肩膀，帶點語重心長地說著，「放心，臨時的話五個人左右我還是可以弄得到，要打群架也沒問題。」阿關也認識很多在玩的那種，隨時都可以殺過去的啦。

盯著虞因看了幾秒鐘，聿抬起手指指他的身後。

不用往後看，虞因也可以感覺到後面傳來讓人非常不想回頭的殺氣。

站在他身後的虞佟露出帶著青筋的微笑：「阿因，我說過好幾次不要把外面的鞋子穿進來，你是把我的話當耳邊風嗎？」

「我、我上課去了，再見！」抱著頭，虞因不用一秒就衝出了玄關。

「你今天下課回來給我拖地，聽到沒有！」對著倉卒逃逸的某人背影這樣大喊，虞佟才收回視線。

大概過了一會兒，外面就傳來摩托車和它主人逃逸的聲響。

「那個臭小子走了嗎？」

就在虞因出門後沒多久，樓梯上才有另一個人下來的聲音，但是並不像前一個人那麼慌慌張張。

「嗯啊，剛剛出門，你不是說今天要一起過去嗎？爲什麼這麼晚才下來？」轉頭看著自家雙生兄弟，虞佟一邊推著聿先去吃早餐一邊問著。

「嗯，我決定要過去再換衣服。」夾著背包，其實已經整裝完畢的虞夏隔了一階跳到地面上：「芭樂咧，爲什麼不是你去而是我去！」

「因爲你抽到籤王啊。」露出無害的微笑，虞佟這樣告訴他：「上週我們大家聚在一起時抽的啊，你抽到籤王當然是你去，放心啦，我們會在附近支援。」

看著自家兄長露出陽光般燦爛的愉快表情，那一秒虞夏還眞想把背包丟到他臉上去，「你乾脆來和我換班好了，這也太誇張了吧，一定會有人注意到不對勁。」

「放心放心，應該不會有人注意到的，而且我們已經事先徵得同意。那麼，先去吃早餐吧，等會我們一起出門。」一想到虞夏夾著的那包東西，虞佟就覺得今天心情特別好。

「我說……」

「好了，快點吃吧，不然等等就要遲到了。」

看著一臉似乎不是很爽的虞夏坐在餐桌邊，聿盯著人幾秒後，便繼續低頭吃早餐，雖然今天是他第一天上課，但是聽說只要在第一節課之前報到就可以，所以不用太緊張。

在另一邊坐下後，虞佟像是想到什麼般開口說道：「小聿，如果可以，下課時盡量讓阿因接你一起回家，不然搭公車也可以，別單獨一個人……我不是指媒體方面，關於你的事情，我們已經對媒體全面封口，目前不會有人知道你就讀哪一間學校。」頓了頓，他才繼續說，「最近有一起案件，發生在你們學校那邊，聽說已經有三個學生下落不明。」

停了一下，聿轉頭看著虞佟，然後在旁邊放著的本子上寫下：「**我知道，新聞有。**」

「校方的說明是他們可能集體蹺家了，因為失蹤的三個人都是出了名的壞學生，經常蹺課逃家，這也不是第一次了，但是這次的時間太久，加上他們的朋友都說不知道他們有這個計畫，家人也都報警處理，所以正在偵察當中。但是就在一週前，又有第四個人失蹤，這件事並沒有公布給媒體知道，第四個人並不是那一夥的，而是功課非常好的資優生，目前我們懷疑事情不太單純，所以你上下課時要小心一點。」沒有辦法天天接送的虞佟這樣告訴他，「有事情的話，一定要告訴我們或阿因，拜託。」

望著虞佟，聿才緩緩地點了頭。

一旁咬著麵包的虞夏，整個人靠到椅背上：「現在的小孩也真可憐，讀個書不但怕被人打，還要怕回不了家，眞黑暗。」聽說少年隊負責的案件很多，而且還有一直往上增的傾向，眞不知道現在的小孩到底是出了什麼問題。

睨了自家兄弟一眼，虞佟差點就說出「以前好像都是你打別人」這樣的話。

他記得高中時因爲附近有另一所學校，所以兩邊閒著沒事幹的學生經常打架，每次放學都會看到有人在對幹互譙。

結果有次虞夏路過時看兩邊人都不順眼，當場把兩邊都打一頓，後來才聽說原來他是要進去藥局買退燒藥卻被擋在門口，火氣大了先打再說。

後來的高中生涯常常就有人在學校外面等著堵虞夏。

有時虞佟會覺得，他那衝動揍人的興趣該不會是那時候養成的吧？

猛一回過神，虞佟才看著正在吃飯的兩個人，然後勾起淡淡的微笑。

那已經是很久之前的事情了。

□

「愛心早餐來了喔——」

一大清早，排班輪休沒事幹的嚴司夾著一大袋有氧早餐大剌剌地踏進某人的工作室，「喔喔，你昨晚在這邊沒回家喔？」踏入室內之後，首先嗅到的是濃濃的咖啡味。他這位前室友不太抽菸，所以桌面上除了咖啡杯之外，還丟了一堆糖果紙，都是提神的薄荷口味那一種。

盯著手上的資料，黎子泓瞄了那個好命有假還自己跑來的傢伙一眼，便又埋頭進入耗去他整晚的工作裡。

聳聳肩，把糖果紙全掃入垃圾桶之後，嚴司拿出紙袋裡的漢堡和熱呼呼的飲料擺在桌上：「你在看哪一件……四樓的？」他看見桌上攤滿了塵封已久又再度被開啓的資料。

因爲先前在某大樓四樓壁紙後面發現了血跡和骨骸，所以在媒體爆出後，三年前的事件再度被渲染開來。爲了保護唯一倖存的小孩不被外界影響，目前警方也已介入，禁止媒體爲了挖新聞太過侵入隱私的動作。

畢竟有時候輔導只缺臨門一腳，在外界進入之後往往很容易遭到破壞。

「壁紙拆下後幾面牆上都發現血跡，但是不合理的是新砌的那面牆照理說不應該會有

血，因為那是在兩個小孩死亡後才砌的，把所有牆壁都化驗之後，發現那些血跡來源不只一個人，而且有分新舊，比對之後發現在舊牆上面三個小孩與父母的血都有，血量都還不足以致命，特別奇怪的是在新牆上面，除了母親的血之外，還有另一個沒有親屬關係的血跡反應。」放下紙張，黎子泓抹了一把臉，拿過咖啡杯後，才發現裡面的液體早已冷卻，於是便接過嚴司帶來的紙杯，打開後裡面是熱可可，他皺著眉喝下去。

忘記這個室友喜歡有糖的東西，早知道他要來，應該讓他帶點無糖的飲料才對。

「也就是說除了那一家五口之外，應該還有一個人？」這下子可意外了，嚴司覺得自己好像聽到有料爆開，還是爆很大那種。

這一點可不是人人都知道的，若他是賺錢至上的人，馬上就賣給記者，然後去吃大餐了。

「嗯，至少是有受傷的人，出血量不高，如果不是傷在致命處，或許還活著。」看著檢驗報告，黎子泓這樣說著。

「而且他的血還是在新牆上，從小孩失蹤到找出父母屍體這段時間一定至少有一個人和他們家接觸過，而且還看到牆壁的狀況。」咬著漢堡，嚴司接過檢驗報告，大致翻了一下，才開口：「所以如果不是還有一具屍體，就是還有一個活口。」

那麼他們現在的當務之急，就是要找出活口是誰。

所以他才喜歡這份工作，常常有意外的驚喜，雖然去辦的都不是他。

「根據之前留下的屍檢資料來看，最後找到的那名小孩身上留有暴力痕跡，父母的屍體上面也有刀傷……水破壞了證據，所以無法百分之百確定，當時的偵辦小組推斷是仇殺，但是找到凶器與物證之後又推翻，斷定應該是父親下的毒手，加上鄰居經常聽見爭吵聲……但是卻沒有直接性的證據，於是案子就中斷沒有進展。」拿起桌上另一份檢驗報告遞過去，黎子泓看著友人說：「這是剛出來的。」

接過報告，嚴司順手翻了翻，看見上面有著骨頭與細部的相片，「刀傷、挫傷、骨折、脫臼，致命傷是頭骨上的重物撞擊造成頭骨破碎、傷處呈現圓形破碎，照破裂的樣子看來應該是當場死亡，另外身上的刀傷裡還有出血反應，推算是死前造成不是死後。」彈了一下放大照片，他吞下最後一口麵包，「棍子跟鐵鎚，我選擇鐵鎚。」

「那根鐵鎚我拿去敲牆壁了，檢查後有被整理過的痕跡，所以上面沒有殘留物，但是鑑識小組把鐵鎚拆了之後，發現洗不到的轉頭內部有血跡反應，同時鐵鎚也符合頭骨的傷害痕跡。」用力伸了伸背脊，黎子泓站起身：「所以申請重新調查由我接手，通過了。」

露出痞痞的笑容，嚴司瞄了友人一眼：「你跟虞夏老大都有勞碌命，有夠可怕，待在你們手下做事一定都會過勞死。」

「這是應該要做的。」稍微將桌面上的東西整理過後，黎子泓打開另一個資料夾：「虞夏今天要去調查那四個失蹤高中生的案件。」

「噗——」

一聽到對方講完，嚴司差點一口噴出飲料來，接著是毫無形象的狂笑。

被笑得莫名奇妙的黎子泓疑惑地看著他：「你笑什麼？」

「沒、沒事，我突然想到晚點要去找虞夏老大玩。」一想到前幾天抽到籤王的那個人，嚴司又是一陣爆笑。

他很少在放假時還那麼心甘情願外加歡樂地跑去虞夏那邊報到，但今天可是迫不及待了。

誰教他們那天歡樂地舉行小組抽籤時剛好被他撞個正著，這天下第一歡樂的事情他不去湊一腳哪成，豈不辜負他嚴司的名號。

「什麼意思？」一頭霧水的黎子泓聽不懂他在說什麼。

「沒什麼意思，我說你也吃太少了吧，我買雙份你才給我吃了一半！」打開紙袋，嚴司叫了起來，順便轉移話題。

「飽了。」拿起另一份資料翻著，黎子泓很快地切換了腦袋中的思緒。

橫過身去看對方手上的報告，嚴司偏著頭大致上讀完，沒有什麼特別有趣的地方，應該說這份資料他在工作的地方也翻過一次了，所以很清楚裡面在說什麼，「這是那四個高中生，第一個到第三個都被推測是逃家，第四個和這些人沒有交集，據說是有一天放學後就不見了，在回家的路上什麼也沒找到。」

按照上面的初步調查結果，前面三個學生就和很多學校裡面都會有的問題一樣，是經常逃學蹺家飆車的叛逆青少年，而且也都在少年隊紀錄中登記有案，一開始失蹤時家人以爲就和平常一樣，直到時間拖太久且都沒有聯絡，才逐一報警。

「第四個是個資優班學生，考試都在全校前十名之內，原本要推薦上明星學校。」看著資料上清秀的女孩照片，黎子泓思考著所有的可能性。「失蹤前沒有什麼奇怪的舉動，家裡個人物品也沒有缺少，沒有打包也沒有和外校人士交往，電腦中也沒有不明的網路交友，生活非常規律單純，根據周遭親友提供的訊息，她甚至對父母相當孝順，一下課就會立即回家溫習功課與幫忙家裡生意，不會轉往其他地方。」

「唔，資優生失蹤都嘛很大條。」問題學生的家庭可能要過陣子才會注意到，可是好學生的家人反彈程度就很大了，警方壓力也會隨之變大。

「唯一的共通點，就是那三個學生在失蹤前被人看見出沒的地方和女學生每天放學會經過的路線一致，不排除路上可能有問題。」

「喔……老大今天就是去調查那邊……哈哈哈哈……」

盯著眼前又在狂笑的友人，黎子泓皺起眉，「你今天眞的怪怪的。」發神經嗎？

□

「聿——」

大清早，從虞佟那邊下車，推拒了要一起跟來看看環境的對方，才剛踏進校園要去報到時，聿就在滿是學生的走廊上遭到伏擊。

不知道已在轉彎處躲多久的方苡薰很歡樂地一把撲到他背後，完全沒有太過親暱自覺地用力黏上來，差點沒將人整個往前撞趴，「太好了，還好你是在早自習下課時間到，不然上課就沒辦法抓人了。」

費了一番工夫才掙扎開來，注意到四周學生投來好奇的目光，聿拉著女孩閃到比較無人的樓梯轉角下，取出隨身的筆記本，在上頭寫下字跡，「妳幹什麼？」

「沒幹什麼啊，就下課咩，順便來看看你是不是到了。」把玩著制服上的領結，方苡薰露出可愛的微笑：「我的第六感果然很準，完全沒誤差，你不是要去報到嗎……我可以帶你過去喔。」

搖搖頭表示不用了，聿看著手上的校園路線圖，確認自己現在的位置。還未看完，地圖就被人一把抽走了。

「看那個沒用啦，我就是活地圖啊，走吧。」把手上的地圖摺成了紙飛機射到一旁去，方苡薰拉著人開始向目的地前進。

雖然有點不喜歡這樣被拖拉著走，不過聿也沒有多加抵抗，而且抵抗似乎也沒有用，就這樣任由女孩拖著自己，在一堆學生奇怪的目光中前進。

這是所不算大的私立高中，就跟先前虞因說過的一樣附屬於他就讀的大學，和對面的大學只有一條馬路之隔。校區本身並不大，除了兩、三棟建築物和一個操場，就幾乎沒有其他地方了，小空地則是當作花圃或小花園，可以看得出來學生的主要活動區域還是在對面的大學校園，包括餐廳也是。

「學校餐廳的飯都普普，如果不想長期吃的話，可以到另一邊的私人餐廳。」這樣向被拖著走的人說明，方苡薰指了指校外方向：「馬路另一邊有一家餐廳，那邊有賣很多吃的，不過用餐時間因爲還有隔壁的大學生，所以人會多了一點，推薦買回來這邊吃。」

「……」

「啊，還有因爲學校其實是禁止上課時間外出，中午規定要用訂餐的方式不能出校外，所以如果你在中午要溜，請走後門。」

「……」

一把拉住方苡薰，左右張望一下之後，聿拉著人往旁邊走去。幸好在這時上課鐘聲也響起，原本還有幾個人正留意著他們的舉動，在鐘聲一響後立即鳥獸散，不用多久時間，整條走廊上就淨空了。

將人拉到附近比較不顯眼的小花圃之後，拿出筆記本在上面快速寫下字體，聿才轉到另一個人面前：「妳一大早到底想要幹什麼？」他可不認爲對方眞的有那麼單純，想帶他去熟識新環境。

聳聳肩，在旁邊的造景石頭上坐下來，方苡薰晃著白皙的腿，「當然是帶你熟悉環境，你不將幾個重要的地方搞清楚，接下來我們要怎樣進行事情啊。」

偏頭看著女孩漂亮的面孔，聿微微後退了一步，靠在後面的樹幹上，瞇起眼睛。

「就像我之前告訴過你的，我想讓你見見我學姊，但是她從三天前就開始請病假，我也不曉得爲什麼，平常我去她家都沒問題，可是最近總覺得很奇怪……正打算在今天放學後過去一趟。」撥了下短髮，她低著聲音這樣說著：「這個學校有我們要的線索，之前不是說有三個學生失蹤嗎……以高年級一個綽號叫大駱的爲首，那三個都是他們那一夥的，之前我學姊有段時間都和他們混在一起，之後就一直怪怪的，但是又說不出個所以然。」

消失的三個人在學校中鬧得沸沸揚揚，不過她關心的可不是那些傢伙。

「所以妳找我快點進來？」了然地看著女孩的面孔，聿放下筆記本，終於知道對方的目的，「混進那些人裡面？」

「嗯，因為他們不敢來招惹我，但是我注意到他們經常去找普通學生、或是新生，如果要繼續搞清楚他們裡面的事情，你一定要進來幫我，就像我也有門路可以幫你分析你之前找到的那個東西。」露出了甜甜的可愛笑容，方苡薰站起身，然後伸出手：「大家彼此得利，而且你也比較好向虞家交代啊。這年紀不上學，人家會說你孤僻、神經病喔。」

盯著女孩似乎無害的面孔半晌，聿才從自己書包裡面拿出個牛皮紙袋，輕輕地放在她等候的手上。

「魚幫水、水幫魚。」握住手上的東西，方苡薰這樣說著：「只有我知道你其實是怎樣子的，本性是狂風暴雨，但是卻都掩埋起來。你連一個字都不敢說出口，連自己的情緒都不要，虞家的人不重要嗎？你不信賴任何人嗎？」

搖搖頭，聿盯著手上的筆記本，卻沒有寫下任何字。

「因為你家的事情嗎？」

紫色的眼睛猛然瞠大，但是只在短短的一瞬間，兀自說著話的女孩壓根沒有注意到任何變化，只是繼續滔滔不絕：「在我看來，你的新哥哥應該像蟑螂一樣很難拍死，而且收養你的又都是條子，你又何必怕像你家一樣……」

猛地站起身打斷了女孩未完的話，聿只是推了一下臉上的眼鏡，然後在筆記本上淡淡地寫了幾個字給她。

「上課很久了。」

注意到這邊還有人的教官正從走廊往這方向走過來。

「那邊那兩個！上課時間不上課在幹什麼！」

□

空氣整個濕潤潤的。

下著雨的天氣總是令人討厭，尤其是陰晴不定的時候，雨勢忽大忽小，讓人疲於應付。

「今天早上下雨耶……鞋子都濕了。」

「對啊，眞討厭……」

「對了，聽說隔壁班的人前幾天在附近巷子被一個奇怪的歐巴桑拿掃把打說……」

還未開始上課的時間，虞因咬著剛剛打劫來的果凍條，無聊地聽著班上女生一如往常的對話，偶爾會夾雜一些奇怪的八卦，像是附近店家怎樣或者最近哪裡又有什麼事情之類的。

他有時候會覺得女孩子根本就是活動的情報網，永遠都有新事物可以講，不管是真的假的，有證實過或是沒有證實過的，似乎互相討論那些八卦就是她們最大的娛樂。

「喔喔，我也聽過那個奇怪的歐巴桑。」一屁股就坐在虞因位置桌面上，搭上了那幾個女孩的話題，難得早到的李臨玥順便對翻了她一記白眼的桌主拋了個回敬的媚眼：「不過並沒有親眼看過，我們的跳針眼大師有沒有興趣一起去探險啊？」

「那個是用來看死人不是看活人，更不是看歐巴桑用的。」把那個很多人在肖想的校花從自己桌上推下去，虞因擺著看到她會衰的態度趕人，「去去去，不要打擾我。」

「欸，你很沒有風度耶！」

「對妳不太需要風度。」

如果不是因爲在學校需要保持形象，李臨玥現在最想做的事情就是拔下高跟鞋，釘在眼前這熟到爛掉的傢伙腦袋上，看看噴出的腦漿是啥顏色，「你今天看起來魂不守舍耶，剛剛阿關叫你兩、三次了，是怎樣，決定擺脫你的酒肉朋友嗎？」

「他叫我幹嘛？」把果凍條的塑膠袋從嘴巴裡面拔下來，真的沒有聽到的虞因左右看了一下，卻沒有看見他那個酒肉朋友。

「剛剛在門口邊和其他複數的酒肉朋友在問你下課後要不要去唱歌，你沒有回，他們就跑掉了。」聳聳肩，來串門子的李臨玥這樣告訴他：「幹什麼一大早心神不寧啊？你該不會是又發生啥事情還是亡靈託夢、幫忙寫遺書、看到有東西四處走、牆壁上冒出住戶……」

「夠了，麻煩閉嘴。」很不想去回憶那些亂七八糟的事情，虞因打斷對方的妄想：「我在想別的事情，沒事請滾開，謝謝。」

討了個沒趣的李臨玥隨口唸了幾句之後彎下腰，用一種旁人看起來絕對曖昧的姿勢貼在他的耳朵邊說，「姊姊很樂意聽你傾訴煩惱喔，口水專線一分鐘三十元，隨時開機。」說完，也不用等人趕，就自己大笑著跑去和別的女同學聊起天了。

無力地瞪了一下那個女人的背影，虞因揉揉有點發痛的太陽穴。不知道是因爲最近天氣濕冷還是怎樣，這兩天總覺得人不太舒服，腦袋昏昏鈍鈍的，但卻又不像生病，平常生活作息也沒什麼影響，只是整個人不是很有勁。

大概是感冒的前兆吧？

咬著果凍條，虞因聽著四周女孩嘻笑的聲音，又想起其他的事情。

自從大廈四樓那件事情之後，他總覺得哪邊不太對勁，但是又想不出來是什麼地方。那棟樓很陰，在發生事情後原本的住戶有辦法的都已經開始搬走了，整棟樓連公用電燈都不太開，有時候路過時看見整棟樓都是全黑陰森的，讓人極度不舒服。

不過說也奇怪，就在發生事情後，他有幾次刻意經過那棟樓，但是都沒有再看過其他的「東西」，連巷子裡也沒有，可能是死者家屬去招過魂了，不過連四樓都沒有就讓他有些意外；大概是因爲有警察介入，所以他們才安心不現身嗎？

可能是不想再讓他們進去亂闖，從大爸開始，全部的人都像是被下了封口令，連個字都沒有透露，他根本問不出個所以然，就連媒體那邊好像也問不出個蛋，所以最近都轉戰去找死者的家屬，部分就順便把那棟樓形容成可以住一戶剋死一戶的鬼樓，聽說這幾天好像還有啥靈異節目要去出現場靈能感知之類的外景……

越想越頭痛，虞因抱著腦袋決定把第一堂課給蹺掉。

其實他一直很介意小聿的問題，總覺得似乎有更深入的什麼才對，但是因爲大人們都不說，所以他也假裝自己不在意，而且大爸一直認爲這不是該讓他知道的事情，所以他也沒有再多問。

但是這不代表他不想知道。

隨著聿在他家待的時間越來越長，他的疑問就越多。加上每次發生事情都有他協助，這讓虞因感到更奇怪了。

不管是怎樣的家庭，可以養出看到屍體、血液還面不改色的小孩，應該都是件很怪異的事情。正常家庭的小孩在這個年紀應該不可能會看屍體看到習慣，甚至有些還連生死是怎麼回事都不知道，而且他似乎還有著不同於同齡小孩的高知識水準。

他開始好奇了。

「女人，妳今天有沒有帶筆記型電腦？」看著不遠處的李臨玥，虞因想到有種辦法可以去查看看。

「有啊，想借嗎？那你欠我一次電影。」

「……好啦。」

借到筆電之後，虞因在老師踏進教室前，收拾了一下個人物品，光明正大蹺課去了。

他記得學校有無線網路的設備。

雖然警方把案子暫時壓下來了，但是曾經發生過的事情，一定會有其他人知道，或許他可以碰運氣在網路上查查有沒有人寫在部落格或是個人網站上。

走出教室之後，他朝著圖書館的方向前進。

下過雨的學校總是有點冰冷，幸好從家裡出來時有帶上薄外套。地上有著雨後遺留下來的小水窪，不遠的操場上有好幾隊人正在打籃球，其中有幾個他還認識，大概是沒有課，所以聚了一群在鬥牛。

或許是因爲早上，又很多人會蹺掉第一堂課睡晚一點，他在校園中漫步，稀稀疏疏地不見幾個人，圖書館附近更是靜悄悄的。

接近圖書館時，他可以透過玻璃看見管理員和工讀生在裡面排列書本、整理資料。這所學校的圖書館採半開放式，一樓的四面牆全都有大片玻璃，可以很清楚看見裡面的學生在做什麼，甚至常常可以看到有人窩在沙發上呼呼大睡，也不介意行人的目光。

但是在早上第一節課的時候，圖書館裡人並不多。

所以當虞因靠近門邊時，看見玻璃上他的倒影身後出現幾個模糊的黑色影子後，他整個人有一瞬間反應不過來。

那些黑色的東西只維持了不到半秒的時間，短暫到他自己都以爲是眼睛抽筋，但是一種詭異的不安感直接席捲他整個人，像是即將發生什麼事情。

回頭看著身後，什麼也沒有。

虞因抬起頭看著天空，雨停的天空依舊是沉沉的暗灰色。

濃厚得令人窒息。

2

他聽見水的聲音。

像是在記憶中，那種黑暗裡常常會傳來的聲響，有時能令自己平靜下來，但是更多時候卻帶來讓人難以忍受的不安。

轉過頭，聿只看見一群正在低頭抄筆記的新同學們，旁邊的窗台上滴下了雨滴，發出聲響。雨停之後空氣依舊濕潤，呼吸間都可以感覺到水的氣息，帶點冰涼、熟悉。

因爲轉學考的成績出乎所有人的意料，原本以爲不過就是普通轉學生的校方，在看了幾乎完美滿分的成績單之後，立即改變主意將他轉入以學業和成績爲主的班級，在報到後還特別強調如果成績都維持在前三名、全年級成績前三名之內，絕對會有好幾種獎學金可以拿，也可能會介紹他去參加特別演講等等。不知道是不是這個原因，所以他第一天還沒上幾節課，就發現下課時同學們都在K書，忙著應付下堂的小考，或是不斷複習著上一堂課的內容，深怕自己遺忘一個詞句、一個單字、一個算式，教室外的玩樂聲都與他們無關，他們只在乎自己能否得到讓大人稱讚的成績。

這個班級太過安靜了，連外面水滴的聲音都比人類的呼吸聲還大。

「同學，考試時不要東張西望喔。」就算是第一天進來的新生，女老師也不會輕易放水，在看見他轉頭打量同學和教室之後，發出聲音警告。

四周的人還是安安靜靜的，老師的聲音也不能讓他們中斷寫著試卷的動作。

拿起手上的試卷，聿透過眼鏡看著她。

「寫完了？」訝異地看了一下時間，不過才開始考五分鐘左右，雖然說是小考，不過考題她自認滿複雜的，畢竟她教導的是指望能上一流大學的學生，程度原本就比別的班級還要來得高。

點點頭，聿在交出小考的考卷後拿出書本來讀。

幸好才剛去圖書館換完書，可以稍微打發一點時間。

狐疑地看著他半晌，任課老師拿著考卷走回講台順手批改，不用多少時間，她的臉色稍微變動了一下，快速地在上面批下成績，露出了高興的表情。

大約過了十分鐘，全班同學都交卷後便開始枯燥乏味的授課。

外面的雨滴滴落落的並未轉大，但似也沒有打算停止，教室中除了老師說話的聲音外，就是外面雨點打在物品上的聲響。

在那之外，他似乎隱隱約約聽到一種竊竊私語的聲音。就著靠近窗戶的位置看出去，只見教室下面有幾個學生像是蹺課般，鬼祟地消失在小花園另一端。

「那些人是學校裡面很有名的壞學生。」注意到他的動作，鄰座一個女孩在筆記本上寫下了這樣的字句遞給他看，「在學校還是路上看到他們，千萬不要理會，之前還聽說別班有人被亂推銷東西。」

看著那些字，聿點了點頭，重新將視線轉回課本上。

壞學生……是嗎？

在下課鐘響後，他也不管幾個試圖想找他表達善意的同學，稍微把東西整理一下就匆匆忙忙離開了教室。

望著似乎還會下雨的晦暗天空，他踏過小花圃，循著陷入土壤中的腳印走到校園中比較偏僻的角落，那裡有點陰暗，剛好成了監視器的死角，是校舍交叉的無人地區，就像每所學校都會有的地方，多餘的水泥建築物擋住了上面滴下的水珠；四周還殘留一點香菸的氣息，但是沒有任何人，只有滿地還未乾涸的腳印和折彎的菸蒂。

他瞇起眼睛，彎腰撿起一根菸蒂仔細打量，沒有香菸濾嘴，殘餘的菸絲還散發著奇異的香甜氣味，香菸本身是細長的，沒有其他牌子，所有的菸蒂全都是同一款。

讓他感到錯愕的並不是菸，而是它散發出來的氣味。

在很久很久之前，他似乎聞過這個味道，微帶著木柴和奇異的甘甜味，是種獨特而讓人難以忘記的氣味。

「你在這裡幹什麼？」

猛然出現的聲音讓聿整個人怔了一下，然後捏緊了手中的菸蒂轉過頭，只見一個染著金髮的高大男孩瞪著他看，態度非常不友善，凶惡地像是隨時會朝他揮來一拳，「誰說你可以來這裡的！」

反射性退了一步，聿搖搖頭，正想從旁邊繞開時，對方快了一步將他堵回原來的位置，氣勢凶惡地不像是要讓他輕易離開。

用著不觸怒對方的最小動作，聿拿起隨身的紙筆，在上面寫下「誤入」和道歉的字眼遞給面前的人，對方像是地盤遭到侵略的野獸，隨時會撲上來咬人似地。

這年齡的小孩隨時都可以被激怒，不論時間、地點。

看看上面端正的字體，金髮男孩勾起某種嘲諷的微笑，瞄了一眼他制服上的名牌，然後收緊手指，捏皺了那張紙，「喔，不會講話的好學生？你摸東摸西是想來這裡找樂子嗎？」

小聿注意到這傢伙根本沒有要讓他簡單離開的意思。

小心翼翼收好紙筆之後，聿左右張望一下，確定四周沒有任何人，在暗色眼鏡底下的紫色眼睛微微瞇起，露出一絲不易察覺的冰冷。

「幹，你們這些讀書讀到腦袋壞掉的，覺得這樣很有趣嗎？」正想對他說點什麼的男孩突然安靜下來，然後轉頭看向旁邊。

在視線未及的地方有另一個人拍了金髮男孩的肩膀，中斷他的動作。

「你在幹什麼？不是說要去找你的頭頭嗎？」

那個聲音太耳熟了，讓小聿整個人愣住了，難得一見的錯愕、瞪大眼睛，直到另一條身影出現在他視線裡。

「有個目小的跑到我們的地盤。」這樣告訴新來的同伴，沒看見剛剛自己在欺壓的那個人露出的高度驚訝，少年兀自說著。

「別管……」看清楚裡面的人之後，第二個來的人也瞪大了眼睛。

倒退了一大步，小聿指著對方，震驚了。

「不准告訴阿因！」

□

他最近很倒楣。

自從抽到籤王之後，虞夏更深深地認定了這一點——他一定是被阿因那臭小子給帶賽的。

原本以爲可以矇混過去，卻沒想到會在這邊碰到他家的小孩，因爲要調查失蹤案而混進校園的虞夏，也受到不小的驚嚇。

脫口而出先警告對方之後，他才立刻驚覺旁邊還有個他花了兩個多小時才釣上來的魚。

「你們認識？」染著金髮的何旺宏露出狐疑的表情，視線在兩個應該搭不上關係的人身上來回幾次，怎樣看都不覺得這兩個人會有所交集。

「呃……他是我親戚家的小孩，見過幾次面，也住在附近。」快一步堵住對方的疑問，虞夏露出笑掩飾掉剛剛不自然的尷尬，哈哈地笑了兩聲：「都叫阿聿，好像是我姨丈還是誰那邊的，我也忘得差不多了。」

「喔，這樣喔。」沒注意到有什麼不對，何旺宏點點頭：「認識的就算了，叫他不要亂告狀，現在先去找大駱吧。」

「等我一下，我先叫他不要亂講話。」打著哈哈，虞夏扯著還處於驚嚇中的小聿，快步脫離對方的視線，轉進校舍範圍後，便停在沒人的小花圃裡。

好不容易從驚愕的狀態中回過神，聿上下地在眼前算是很熟的人身上打量了幾次。原本一身便服牛仔褲的打扮，全都換成了穿得亂七八糟的制服，不知道是誰用髮膠幫他抓了個四處翹的髮型，還把幾撮頭髮挑染上棕色。

「別看了，這是玖深那個死傢伙弄的，顏色可以洗掉。」拍了正打量著他的小孩額頭一記，從拿到制服就已經不爽到現在的虞夏抓了抓頭髮。不曉得那個傢伙是用啥幫他抓頭髮，他整個就是覺得頭癢到不行……那幾個可惡的同僚，一看到他抽到籤王之後，一個比一個還要興奮，每個人都還大方地自掏腰包幫他買變裝用具——回去之後他一定會好好算這筆帳，尤其是那個快樂到一邊顫抖還一邊幫他設計髮型的玖深。

「我們在查失蹤的案子，剛剛那個人和前三個失蹤者有接觸，要去套他們的話，所以你避開離遠一點，有情報說他們經常打傷學生，不是什麼好相處的貨色。」

收到學校和少年隊的報告之後，他們大概可以理解教育者對這些學生有多麼頭痛；要不是這次有第四個人失蹤，校方大概不會那麼主動要求他們低調進來調查吧？

輕輕地咳了一下，聿表示自己了解地點點頭，然後寫了紙張給他看。

「規定？呃……這個不合規定我知道，但是是校方要求協助的，我沒有進去上課，只是穿著制服在外面晃而已，不會干擾到其他學生，你也給我乖乖的，不准告訴阿因這件事情！」有種被知道就會被笑過年的預感，虞夏嚴正警告他。

他們其實一開始接到協助要求時，本來是有抽籤的，從學生到老師身分都可以抽，但是不知道他是在走什麼霉運，衰到去抽中籤王，結果被一群該死的同僚拱上當學生，連虞佟都卯起來陷害他……哼哼，這些人最好是皮給他繃緊一點了。

再度點點頭，聿拿出自己的手機。

他記得好像有照相功能……

「想都別想！」劈手拿過對方的手機按下關機鍵，虞夏將手機塞回他的手上，「總之我只會在這裡待幾天，不管是誰問你都不要說就對了，記住！」

然後，虞夏又交代他要乖乖上課，就風風火火轉頭往剛剛的方向離去。

因為太匆忙了，他反而沒看見被遺留下來的那個人臉上透出的淡淡笑意。以後自然也不可能會知道這件事的虞夏，用很快的速度回到了原地，方才的少年還站在那邊等他。

「搓掉了。」

看了虞夏一眼，何旺宏露出一種奇怪的笑意：「其實叫你親戚一起來也沒關係啊，反正那種好學生不是都很喜歡奇怪的事情嗎，搞不好他會覺得很刺激咧。」

「別開玩笑了，加進來還有得玩嗎？走啦。」

壓下了剛剛波動的情緒，虞夏讓自己很快地進入了原本執行的任務當中。

就在第四個人消失後，校方立刻意識到狀況不單純了，而前三人所混的小團體又問不出個所以然，似乎人人都有一套說法，但是又完全連不上。

他們在說謊，只能這樣解釋，沒有人想要讓大人知曉他們的事情。

於是校方在報警後，又私下找他們來協助，想要從孩子的團體中問出點什麼來，也因爲這樣才促成了虞夏被聯合陷害的局面。

從校方給他的資料來看，可以判定這次的目標團體應該有十幾個人，甚至有可能還有校外人士，人數沒辦法確定，但是已確定最常聚在一起的有八個人，失蹤了三個之後還有五個。

他一早就在幾處校方給他的定點來回，果然讓他遇上其中這個叫何旺宏的人，向對方表明自己是新來的，想找個地方殺時間之後，對方也很大方地說要帶他去他們那邊殺時間。

雖然知道小聿今天也開始上學，但是碰到他並不在自己的計算之中。

他一直以爲小聿會在教室裡面和新同學相處，頂多在休息時間去圖書館，但就是沒想到他會晃到這種一看就知道是閒人勿近的聚集地來。

腦袋裡面瞬間出現了嚴司與眾同僚那堆可惡的笑臉之後，虞夏再度壓下了衝回去把所有人都扁一頓的念頭，跟著帶路的男孩左轉右拐出了校園，轉進巷子裡。

「對了阿夏，你本來是混哪裡的？」走在前面的人領的路越來越荒僻，四周出現了大量的老眷村建築，部分已經變成空房子了，有些還住著人，偶爾會朝這邊投來嫌棄的目光，換來何旺宏一句「幹、看三小」的話。

「南部的，混到人家叫我快滾。」從口袋拿出口香糖拋入嘴中，虞夏揉掉了包裝紙，「要不是我老爸要我把高中讀完，我還眞不想來。」

「哈。」大概也只是閒聊的何旺宏沒有興趣再追問。

在兩、三分鐘後停下腳步，出現在他們面前的，是棟已經沒有人居住的房子，牆外給畫了亂七八糟的圖案，四周長滿了雜草，不過應該常常有人出入，所以在雜草中間踏出了條路，隱約可以看到很多蟲子在裡頭不停鑽動。

因爲有人走動，所以帶來了些許的垃圾，還有一些物品。

不想受大人拘束的小孩把這裡當作樂園，被扭了一半或是壓扁的鐵鋁罐到處棄置，寶特瓶中積滿了髒水，已經變色的液體中似乎還有東西在游動。

沒有窗戶、只用木板隨意釘著遮風避雨的陰暗房屋內，有著一件破舊的桌椅家具和兩男一女，其中一個男孩身上刺了青，女孩穿了鼻環，塗成彩色的指甲正拆著零食的包裝袋，最後一個人則是玩著自己帶來的電腦，三不五時招呼同伴過去，不知道在說些什麼，一些驅蟲的線香燃燒著，讓外面爬動的小蟲、蚊子都不靠近這片區域。

注意到屋外的人之後，所有人都停下了動作。

「阿旺，他是誰？」咬著餅乾的女孩發出聲音，帶著藍色瞳片的眼睛眨了眨，直視著外來的陌生人。

「學校遇到的，本來混南部的，現在被趕來這邊混。」拍了一下虞夏的肩膀，何旺宏把人推進屋裡：「沒地方去，我就把他帶來這邊。」

「喔？新來的？」玩電腦的那個男孩從螢幕中抬起頭，瞄了他幾眼：「名字？」

「高夏，朋友都叫阿夏。」靠在門框邊，虞夏懶懶地回答了對方的問題：「你們又是誰？」

從原本位置中站起身，女孩搖晃著身體，露出了一種奇怪的微笑：「我叫茵茵，來一根吧，過了才准進來。」從裙子口袋拿出一根細長的菸，她往前遞了過去。

接過香菸，虞夏看了兩眼，沒有濾嘴，感覺上像是自製菸，封口又很工整，且菸草分布平均，看起來應該不是手工菸而是機器製造的，但是卻沒有辨識圖案……私菸？

最近沒有看到這種私菸出現在檔案當中。

「沒火。」吐掉了口香糖，虞夏轉了菸枝，挑釁地看著屋內所有人。

一點帶著青綠詭異的橘紅火焰在他面前亮起，拿著打火機的女孩用另一手的指尖在撓著火，「膽識不錯，拿去吧。」發出叩地一個聲響，她將打火機拋了過去。

握住了飛過來的打火機後，虞夏點燃了手上的菸，然後瞇起眼睛看著旁邊帶路的人：「我記得你說帶頭的在這邊。」

「大駱呢？」看了屋裡一會兒之後，何旺宏這樣問著其他人。

「出去拿貨了，等等會過來。」女孩坐回位置上，逕自拿起零食往嘴巴裡塞：「不過不知道要多久耶……最近前面大學的人都在找我們麻煩，大駱說晚一點要找些人來商量怎樣對付對面大學的人。」

取下了快抽到盡頭的菸枝，虞夏直接在手上捏熄，「你們跟對面的大學槓上？」他要記得回去先警告阿因那小子不要太多管閒事。

招呼著新來的人隨便找個地方坐下，何旺宏從後面像是廚房的地方拿來了兩罐飲料，拋了其中一罐給他，「對啊，大駱一直想擴張地盤，不過對面大學裡面也有個難搞的傢伙，最近可能要對付那群傢伙一下，你等等把電話還是手機留下來，我們會找你出來幫忙。」

「堵人嗎？」

才剛說完話，虞夏立刻感覺到有股冰涼的風直接朝自己後面摔過來，他沒有回頭，維持著原本的姿勢，一把抓住由背後砸過來的椅子：「如果你們是這樣歡迎新人，我也不會很客氣。」將椅子往旁邊一丟，他把手上的飲料罐往站在他後面的男孩甩過去。

往旁一站，避開了飲料罐，那個男孩聳聳肩：「ＯＫ，這邊過關，我叫安合，是大駱的兄弟。」

「茵茵過了、安合也過了，我就沒意見。」從頭到尾都在玩電腦的男孩終於將視線從電腦上面轉移，然後正眼看他：「大家都叫我凱倫，在這邊的全都是大駱的人。」

八個人，除了失蹤的三個、還剩下五個。

虞夏看著眼前的四個人，再加上爲首的那個之後，就全部齊了。看來人在極衰之後運氣反而會變得比較好，第一天就讓他差不多全認識了。

「這裡沒有像你想的那麼輕鬆，如果膽子不夠大，趕緊閃人吧。」撂完話之後，凱倫就繼續埋頭到他的電腦遊戲裡。

安合和茵茵用一種讓人不舒服的聲音竊笑了起來。

「你們玩很大嗎？」盯著似乎在這裡也有很高地位的玩電腦男孩，虞夏探問著。不知道是不是他的錯覺，他總覺得這個打電腦的小孩似乎有點老成，不管是在臉上還是在個性上，也沒有看他穿制服，該不會是大學生？

「個人是不太大，要看大駱的心情和決定。」給了他一個很模糊的答案，凱倫就不再搭理人了。

「我們都聽大駱的。」何旺宏重新拿飲料給他，「大駱很大方，乖乖幫他幹事，大家都有好處。」

「嗯啊，還會給我錢去用指甲。」抬起色彩繽紛的手指，茵茵慵懶地說著：「少了三個人之後，可以花的錢又變多了。」

「茵茵！」警告式地喊了一下，何旺宏瞪了她一眼。

冷哼了聲，茵茵轉過頭吃自己的零食。

「三個人？」看著帶他進來的何旺宏，虞夏挑起眉。

「如果大駱決定你可以留下來，再說吧。」似乎是不打算告訴第一天認識的人，何旺宏避重就輕地帶過去。

看來他們果然知道失蹤那三個人的事情。

注意到包括茵茵在內，何旺宏和安合的表情都有點不自在，只有打電腦的凱倫沒有特別表現出什麼。

應該還有其他的內幕。

虞夏決定慢慢挖掘下去。

□

四周異常地安靜。

空氣和空調的聲音像是凍結在一起。

上課後，虞因先丟開了黑影的怪異感覺，在圖書館裡面打開筆電，順手掃了毒後就開始仔細搜尋網站。

就他記憶中的時間、奇怪的姓和大概發生過的事情，把關鍵字按入後一一檢閱著；資料比他想像得多，但有些關鍵字卻是一條也找不到。刪除掉不少之後還是有好幾頁，關於姓氏的則是幾乎完全沒有。

那是什麼鳥姓！居然會查不到！

深深覺得今天應該要花一整個早上來查了，他開始後悔，自己應該蹺課蹺到咖啡廳去才對，至少在那邊還可以叫點東西來吃，比較不會弄到睡著。

就在這番尋思之際，改成震動模式的手機發出細微的聲響。

「虞因。」左右看了一下，早上人還不多，不過他還是壓低了聲音。

「唷，被圍毆的同學，你現在方便出來嗎？」

一聽到欠揍的稱呼，虞因反射性皺起眉：「嚴大哥？」把手機拿下來，他看了一下來電顯示，「這是黎先生的手機號碼吧？」之前他拿到名片之後就輸入了，怎麼會顯示這號碼？

「他在我旁邊睡覺啊，我們現在要去你學校附近找你，方便什麼時候出來？」似乎正在駕駛座上的嚴司這樣問著。

「有什麼事情？」他會這麼問代表有很重要的事，虞因看了一下螢幕，猜想著自己大概直接把今天的課都蹺掉比較快。

今天應該沒有什麼重要的課吧……啊，下午有一堂會點名，不知道自己蹺課時數滿了沒有，要是滿了的話，這次考試就要打拚了。

「我前室友有話想私下問你，關於四樓那樁的……喂喂，不要搶……」

對方那邊發出幾個吵雜的聲音之後，虞因聽到另一個不屬於嚴司的聲音傳來：「我有一件事情想問你，私下問，如果事情比我想像得嚴重，會視狀況再斟酌請虞警官過來。」

都說成這樣了，虞因現在確定事情絕對很大條。「我馬上出去，我們學校旁邊有家叫歐克雅的店，等等見。」

「好，再十分鐘到。」

掛掉電話之後，虞因現在不只覺得頭痛了。

正想收起筆記型電腦時，他聽見另一種奇異的聲音，電腦上的鍵盤發出了不自然的細微聲響，接著螢幕畫面突然跳動了一下。

有那麼一秒鐘，他看見筆電的液晶螢幕呈現黑色，但是也僅僅在一瞬間，他甚至沒來得及看見一片黑中有什麼變化，螢幕便又立刻恢復正常。

……該不會是跳電吧？

看著正常無事的筆電，虞因移了移滑鼠，確定應該沒有故障。

要是故障，那個借他電腦的主人大概會尖叫吧？

就在慶幸時，虞因的視線停在搜索列上，剛剛還沒有注意到，正想關電腦的這時，他卻看見搜索列上出現了奇怪的項目。

——怎樣死比較酷——匿名版。

憑著人類那殺死貓的好奇心，虞因點開了那個網址連結，發現那是一個私人論壇，但是沒有鎖起來，一般未註冊的瀏覽者還是可以進入參觀，就如同上面所說的，那是一個容許匿名發表的論壇。

虞因曾聽班上女生說過這些討論區，但是自己未曾實際瀏覽過，跟他二爸一樣，他總覺得沒有什麼事情必須要匿名討論。

讀著網頁，顯示出這是個討論死亡的網站，死亡的選項、禁忌或怎樣自殺之類的話題，大多都可以找得到。

他記得以前好像有類似的網站，但是已經關閉了，顯然在網路世界裡這類的網站永遠不會有最後一個，只要有人，就會再度架出來。

引他進來的那篇帖子就在這其中，建立帖子的人寫著他的朋友全家都死光了，現在人被警方帶走，下落不明。

這是眞的事情，我覺得很酷所以跟大家分享。

我以前有個同學，他家好像有問題，聽説家裡常常鬧到鄰居很抓狂，他的出席率也不是很高，不過人倒是不難相處，蠻聰明的，還常常拿獎學金：特別的是他好像是混血兒吧，眼睛紫得很漂亮，所以人緣還不錯。

不過前陣子聽説他全家死光光，他老爸不知道是發瘋還是怎樣，把全家人都殺光了。我同學還是被反鎖在廁所裡面由警方救出來的，現在人被警方帶走，也轉學了，不知道後來怎麼樣了。

聽説他家人死法超慘的，心臟整個被拉出來、腸子流滿地，警察進去時都吐了，有夠變態。

只可惜報紙上好像沒有這則新聞，是不是就像電影裡面演的，被警方封鎖消息？

超好奇的，眞想親眼看看他們家全死光的樣子，一定很有意思。

主帖就只有這樣，下面回覆有的叫他少蓋了、新聞沒有出來之類的，有的則是要他再把事情描述詳細一點。

更無聊的是還有人提供意見說這種方式不夠殘忍，要怎樣怎樣才夠勁之類的。

「現在的小孩是怎樣啊……」看著黑色的網站，虞因深深覺得社會病了，然後把內容與網址複製下來，寄送到自己信箱之後才關上電腦。

就在關上那瞬間，虞因突然瞄到身邊站了個人，他幾乎是在半秒鐘內同時轉頭，但是只掃到一個黑色影子，卻沒有任何人。

空盪盪的圖書室中寂靜無聲。

「誰在這裡？」因爲要用電腦怕吵到人，所以他還故意挑二樓文史區這種早上一定很少人的地方，有誰會那麼無聊站在他後面嚇人？

過了十幾秒，整個空間依舊靜默無聲，書籍全部擺放在櫃上，連風都沒有從上面吹過。

感覺到自己的眼皮跳了兩下，虞因突然整個人毛了起來。

因爲在他轉過頭後，他現在突然感覺到後面又站了個人，就在他剛剛放電腦的桌上，有人從那個方向盯著他的後腦，冰冰冷冷的一種怪異視線，貼得極近卻又不太眞實。

那種感覺就好像有人打量著他的後腦勺想看穿他的毛細孔長怎樣。

猛一回頭，虞因依舊沒有看到任何人。

這裡絕對有問題，最近他的眼睛沒那麼厲害，有好一段時間沒有清楚看到「那邊」的東西了，就連剛剛門前的黑影他都無法確定。

這讓虞因有一種強烈的不安，他無法得知靠近他的東西長什麼樣子、要做什麼，和平常幾乎相反。

匆匆地收拾起筆記型電腦後，他連忙從座位上起身，決定先去和嚴司他們會合再說。至少嚴司那傢伙是個不亞於他二爸的鐵板，多少可以讓人比較安心點。

就在這樣想的時候，一個東西墜地的聲音突然從很近的地方傳來。

愣了一下，虞因看向那邊，只見一本書掉落在地上，但是四周沒有人。爲了怕被管理員唸，於是他走過去蹲下身撿起那本書。

指尖觸碰到的那一秒，他看見在自己面前站著一個人。

穿著女學生皮鞋的腳就在他眼前，因爲沒有抬頭，所以不曉得對方身分，而在腳出現的同時，他也聽見了一個啜泣聲。

低低地、輕輕地含淚吸了好幾下的聲音。

這不是他們學校女生會穿的鞋子，正確來說，應該是對面那所高中的學生鞋，他記得曾看過很多次了，對面高中有規定要穿學生皮鞋，因此經常會看見高中生腳上穿著這玩意。

一抬頭，眼前卻又沒有任何人，更別說剛剛的腳和皮鞋，完全消失得無影無蹤，連聲音也都沒有了。

再度低下頭，虞因將書本撿起來，那是一本《東京夢華錄》，書中間有點分開，他翻來一看，裡面夾著張白色紙雕的書籤，看起來是手工做的、圖案是細緻的鏤空蝴蝶圖騰，上了層護貝，在角落有個小小的「瀅」字。

書籤夾在滿前面的，大概全書三分之一的地方又沒被拿走，顯然粗心的前一位借閱者不但沒有讀完，還忘記將自己的東西收回。

拾起書之後，虞因直接將書放回櫃子。

四周依然一片安靜，完全沒有任何聲音。

而他現在才發現，原來二樓只有他一個人在使用。

3

虞因出了學校大門之後，剛好也遇到正要停車的那兩人。

他選擇的是他們學校附近的一家飲料店，因爲價位稍高，所以平常上課時間沒什麼人出入，在某方面來說算是商量事情的好地點。

碰面進入飲料店選了個偏僻的桌位後，嚴司遞了菜單打發了服務人員，才開始講正事。

幾張相片被遞到虞因面前。

「這是……？」看著眼前兩個莫名急著來找他的人，虞因端詳著桌面上的相片。

「你知道這是哪裡？」仔細觀察他的表情想要看出有沒有異狀，黎子泓這樣告訴對方。

坐在旁邊的嚴司當然也知道他有什麼意圖，不過因爲這事不在他可以插手的範圍，便乖乖只當陪坐的路人甲。

拿起相片細看過後，虞因很快就看出來這是那棟大樓中四樓的相片，數量不少，大概十幾張，但是整個看過之後，他立刻發現這是分兩次拍的，其中一批相片中的壁紙都是好的、沒有動過。

「這是在我接手之後拍的相片，以及三年前的檔案相片副本，我想要請你看的是這兩張。」從裡面挑出了兩張定位放大的相片，黎子泓放在桌面上。

看著那兩張相片，有一秒鐘虞因感覺自己的心臟好像也跟著漏跳一拍。

那兩張拍攝的都是同一地點、同一物品，他看見的是一樣的神壇小抽屜，不一樣的只有日期和缺少了「東西」。

前幾天才重新拍攝的相片中少了一包線香。

虞因勉勉強強記得那天他們進去四樓時，的確是在小神壇的抽屜中看過半包線香。猛然想到了什麼，他抬起頭看著對座的兩個人：「所以你們再進去拍的時候香不見了？」會私下來找他，一定是這個原因，因爲那時候在那邊進進出出最多的就是他跟小聿了。

但是他沒事去拿死人的線香幹什麼？小聿應該也沒理由去拿……當然，二爸更不可能去動那東西。

可是最初進去的就只有他們了。

「再進去？所以你們進入時，線香其實還在？」聽出他話裡有點端倪，黎子泓馬上反問。

「嗯……我是有看到，但是我們沒有動裡面的東西，至少我還知道不能亂動，聿也一直跟著我，應該不可能帶走什麼，如果有，我應該也會注意到。會不會是在我們之後被別人拿走了？」看著照片中那半包的線香，虞因不太了解拿走那東西的人想要幹嘛，就算經濟不景氣，拿半包香也沒啥搞頭吧，要也要偷點值錢的東西才對，那個房子裡面應該有很多可以偷去賣的家電什麼的，只是不知道偷了鬼屋裡面的東西會不會衰就是了。

咬著吸管，完全沒自己事的嚴司絲毫不覺得現在氣氛緊張，自顧自地點來了大客的冰淇淋塔，招來旁邊的同僚一記白眼。

懶得跟旁邊吃冰淇淋塔的傢伙計較，光看就覺得那份東西很甜的黎子泓決定不要折磨自己的神經後轉開視線，然後朝虞因說：「我這樣說吧……你仔細看看相片，被拿走線香之後的抽屜上面只有一個長方形的痕跡，那是因爲裡面有灰塵的關係。但是除了這個痕跡之外，別說是指紋，我們在裡面連一個刮痕都沒有找出來。」頓了頓，他很認眞地指著相片，「一般小偷不會特地用這種方式拿東西。」

被他這樣一說，虞因重新看了相片，果然新拍的那張上面只有一個四方型的痕跡。根據他自己的習慣，如果要拿半包香，他會直接伸手進去抓出來，照理來說應該還會有手觸碰到的痕跡，但是這裡完全沒有，如果要不留下手痕……那就只有用指尖掐著上面的袋子拿出來，還要小心不要碰亂別的東西，也有可能是戴著手套在做這些事。

「幸好那邊很久無人打掃，灰塵積得夠多，鑑識組分析過裡邊的腳印，排除掉你們所說的那幾次進入走動之後，靠近神壇的腳印我們只找到兩組，一組是你的，一組是少荻聿的，虞警官和方同學的腳印離神壇不算近，但是除去鑑識人員之外，並沒有第三個人接近那邊。」將自己從報告上看到的說完之後，黎子泓盯著對方表情觀察繼續說：「這種狀況，只有兩種解釋。」

「……不是我或小聿拿走，就是有人踏在我們的鞋印上拿走，而且他的鞋子還要剛好跟我們的一模一樣，讓鑑識人員分析不出來。」眞是周到的小偷，如果世界上的小偷都這樣，台灣的遭竊率一定會居高不下。虞因感到有點頭痛了，其實他是還有第三種答案，就是阿飄兄弟們的惡作劇。

「我家前室友發現這個之後，就想先來問你的看法。」攪著手邊的冰淇淋塔，嚴司歡樂地告訴那個頭已經快要炸掉的人，「被圍毆的同學，你有啥想法嗎？」

盯著眼前兩個刻意大老遠跑到這邊來找他的人，虞因當然知道他們是顧及到交情才私下來告訴他這些，不然他們大可不用冒著被懲處的風險讓他知道，直接按照程序往下辦就可以了，「那包香有什麼問題嗎？」

「目前看來是沒有，因爲東西已經不見了，從照片上看到的只是普通線香。」

點點頭，虞因抱著腦袋想了一下，「可以給我一點時間嗎，我去問問小聿跟這件事情有沒有關係。」其實他隱隱約約感覺到哪邊好像不對勁，但是又說不出個所以然，到那棟大樓期間，一定有個時間點有問題，但是他一時想不出來。

在四樓時一定有發生什麼事情，但是自己卻沒印象，只記得那邊的幾個鬼傢伙拚命在找他麻煩，而他也很不想再回去那個地方，他的命沒有眼前這兩位來得硬，很容易被帶衰的啦。

「你想知道少荻聿的事情嗎？」沉默了一段時間之後，黎子泓突然開口，旁邊的嚴司似乎想說點什麼，卻被他阻止下來。

「我知道他是因爲父親殺了全家和來訪的朋友，且他們家人有毒品反應，大爸以前跟我說過個大概，應該是毒癮造成的慘案。」他並不清楚毒品這東西，但是時常聽到吸毒之後產生幻覺殺人砍人的事情，所以並不覺得奇怪。

黎子泓點點頭，「少荻聿這個人本身……精通四國語言。」看見虞因瞪大眼睛，他繼續往下說：「資料上全部沒寫，但是最近我們走訪了一些他以前學校裡的老師和同學，取得證據證明這件事，包含英文在內，他還懂得日語、韓語和法文。這些都是市面上很容易取得教學書籍的語言，在搜查他家時，我們的確也查出了大量的語文教學書籍、一般書籍和專用字典。一開始以為是他上面的兄姊所有，這幾天讓鑑識組檢查過後，發現上面全都是少荻聿一個人的指紋，這些書並非他家其他人所有。」

「等一下、等一下。」在旁邊越聽越不對的嚴司打斷他前室友的話，「你的意思是說他光看那些教學書籍就可以達到『精通』的地步？」太神了吧！

「是的，根據虞佟警官的測試，他的確是自學到了『精通』的地步，對話方面不清楚，但文字上完全沒有問題。」黎子泓拿出手冊筆記，看著上面的記載，說：「虞佟警官讓他翻譯大量的文書資料，在其中夾雜了這幾種語言，發現他的錯誤率逼近於零，甚至一些專業名詞他也記得一清二楚，已經是幾乎可以當翻譯官的高階程度了。我們懷疑他在語文方面有極高的天分，但是他卻不表現出來，似乎是想把關於自己的事情都隔絕開，不讓警方或其他人知道。」

越聽，虞因越感到一股寒意。

其實他從不了解少荻聿這個人，直到現在從別人口中聽來，才愕然發現原來少荻聿根本就是一個陌生人，還防著四周所有接近的人。

有幾個人可以做到全家慘死之後還能冷靜地這樣安排自己？

他甚至完全沒有表現出太大的異樣。

「哇靠，眞厲害，改天要是哪個地方有問題，可以找他切磋切磋。」嚴司看了旁邊臉色一直都毫無變化的前室友一眼，心中也有些盤算。

頓了一下，虞因突然想到黎子泓剛剛提起以前就讀的學校，再想到小聿的同學在論壇上所開的討論帖。

不知道爲什麼，他直覺似乎可以找一下這個人。

□

在飲料店前和嚴司兩人分手後，虞因沒有直接回校園。

夾著借來的筆記型電腦和背包，站在店外思考了大約五分鐘之後，他決定先去做自己想做的事情。

之前他一直認爲小聿不至於很奇怪，但是今天聽過黎子泓的訊息後，他突然覺得那個小傢伙不只是個陌生人，而且還是個讓人感覺恐怖的陌生人。

他已經不知道要跟小聿說些什麼。

根據黎子泓所說，通常這種人的智商很高，高到不是一般人可以輕易揣度想法的程度。所以讓他懷疑之前小聿跟在自己後面繞會不會只是一種假裝，因爲要寄住在虞家而僞裝自己的一種方式。

「啊——煩死了！」

用力抓抓頭，向來很不擅長思考這種事的虞因洩氣地原地蹲下，無視於飲料店老闆的白眼，抱著頭完全理不出一點頭緒。

就在他蹲著時，不曉得什麼時候開始右側邊一直有個模模糊糊的影子，下意識地往旁邊一看，卻又沒有看見任何東西。

疑惑地站起身，虞因只看見不遠處有個女孩的身影，但是很不清楚，像是淡淡的影像輪廓。

大白天又撞鬼！

不用半秒鐘，虞因恨恨地有了以上結論。

今天到底是怎麼回事啊，既然要來，乾脆就給他看個清楚明白，一次嚇死也好過這樣若有似無的，折磨神經，太傷了。

但是話又說回來，依照他最近帶衰的運勢，他決定不要再去找麻煩了，每次插手每次都會出事。這樣想著時，他就故意轉向影子的反方向，才剛走沒兩步，那個像是註定他一定衰的猛然撞擊就正中他的背部，差點撞得他像隻被輾的青蛙般往前朝柏油路趴下。

「幹什麼！」猛一回頭正要開罵，映入虞因眼中的是個女高中生，穿著對面學校的制服，神色匆匆地不停向後看，似乎被什麼東西追逐一樣。

視線交會那瞬間，他注意到女孩的衣服上沾了泥土跟草屑，因爲今天下雨到處都積水，所以她身上還有點濕，看起來非常狼狽；另外，他還發現她並未帶著書包，而是拿著一個黑色長條型的袋子，看起來有五、六十公分左右，不像是一般使用的背包。

「對、對不起……我……」神色非常慌張的女孩支吾了半天，說不出話來。

「等等，妳先把外套穿起來。」看到她的制服已經有點半透明了，虞因有點不自在地脫下身上的薄外套蓋在女孩身上。

用力吞了吞口水，女孩快速地把外套穿上後便抬起頭。兩個人視線相會看清楚對方的瞬間，虞因在她的眼中讀到驚愕，接著是某種奇異的光快速閃過，像是立刻決定了什麼似地。下一秒，她就將手上的黑色袋子往他手上一塞：「這個先寄放在你家，拜託、拜託你了……請你們好好照顧『它』……」

話說完，女孩像是看到什麼，如同受到驚嚇的小動物般拔腿就跑。

「喂！這個妳的東西——」

「我知道你是誰！我會要回來的！」

留下這樣的話後，女孩快速地消失在道路的另一端。

提著其實有點沉的袋子，被留在原地的虞因滿腦子都是問號。他不自戀，當然知道不可能附近的女孩都有他的電話姓名，對方是陌生人，沒有理由會知道自己是誰才對。

而且她很肯定地說了「你家」跟「你們」？

站在原地疑惑了一會兒之後，虞因等了幾分鐘，那女孩子似乎真的沒有回來的打算，他才提著袋子往停車處走去，想著等會找大爸去掛失一下……等等，裡面該不會是炸彈吧！

連忙拿起來聽，並沒有聽到計時器的聲音，也沒聞到火藥味，虞因才稍微安下心來。最近他可能真的是太緊張了，搞不好人家裡面裝的是水果，打開來一堆鳳梨、芭樂啥的也不奇怪啊，高中生需要營養嘛……

振作起來後，虞因轉向剛剛女孩消失的方向，不知道怎麼回事，這次那個模糊的輪廓就出現在剛剛女孩消失的地方。

隱隱約約，能分辨那個輪廓也是個女性。

那代表什麼？

「幹！不要擋在路中間！」

正在冥想中，猛然被髒話給打斷，轉過頭，虞因看見大白天居然有四、五個蹺課、一看就知道不學好的高中生對他罵髒話。看他們一直到處張望的樣子，不用多想，他立刻就可以跟剛剛那個女生連結起來。

只是這群人沒事找那個女孩子麻煩做什麼？

「路又不是你家開的，旁邊還有大馬路你不會繞過去嗎？」刻意使用會激怒對方的挑釁語氣，虞因果然看見要追往剛剛女孩子離開那條路的幾個人把視線轉向自己：「小鬼，上課不上課，蹺課在這裡亂逛幹什麼。」

「你管那麼多幹啥！」

幾個高中生仗恃著人多，很快地將虞因給圍了起來，「警告你最好給我小心一點！不然出入會怎樣大家走著瞧。」

看了附近沒課正在打鬧的大學生群一眼，虞因勾了個冷笑：「誰小心一點還不知道，才幾個人就想囂張，沒見過世面嗎？」

「我幹——」

「阿因，你遇到麻煩了嗎？」當那幾名高中生正想動手時，附近打鬧的其他大學生圍了上來，大概有七、八人，剛好夾住找碴的幾個高中生，他們遠遠比未發育的少年高出個頭，威脅性十足，領頭的大男生手邊夾著一顆籃球，顯然是鬥牛玩完後要出來找涼的喝，「對面的撈過界了是嗎？現在要跟我們喬嗎？說啊？」

眼看對方人數比自己這夥人多出一倍，剛剛找碴的高中生們撂下了句「路上遇到大家注意一點」的話之後就倉皇離開。

等到那幾個小混混跑遠後，虞因才收回視線，「謝了，阿方。」

被稱爲阿方的大男生揮了揮手：「小意思，最近那群人越來越囂張了，前幾天也找過我們學校女生的麻煩，我正想和一太去和他們好好『商量』一下。才高中就想撈過大學的地盤，欺負人也要長眼。」

「同一群？」疑惑地看著把玩籃球的友人，虞因這樣問著。

「嗯，同一群，他們的頭頭是個叫大駱的小鬼，聽說已經在警局進出好幾次了，混附近這一帶的多少有聽過這傢伙，沒啥道義好說，是個囂張過頭、缺人教訓的小子，一太之前就曾說他要好好去釘一下那傢伙，讓他知道這裡是誰在管的，只是最近都沒找到人。這幾天有收到消息，聽說他們那一群主要的大角都在附近那些沒人住的房子裡面，一太找了些人要約個時間過去談判。」大致解釋了一下，阿方兩側的人都點點頭。

虞因知道每所學校一定都有所謂的不良少年，換個字眼就是在外面混玩的，這所大學中比較有名，且滿多追隨者的那人綽號是一太，他見過對方幾次，雖然說都是在混的，但是一太不會主動找學校普通學生的麻煩，平時他們頂多就蹺課在外面遊蕩、玩樂、騎快車，順便解決一些問題，之前阿關在外面混出問題時，一太也曾經出面幫忙，算是很有義氣的傢伙。

「等等，我記得對面高中的之前不是一個叫作毛狗的在帶？」半晌才注意到剛剛聽到的名字不對，虞因看著眼前也是一太人馬的阿方問著。

「上學期已經換了喔，聽說那個叫大駱的把毛狗打到差點住院，毛狗的人都散了。奇怪的是不曉得爲什麼，大駱手下的人聚集得很快，現在已經把毛狗那邊的人都吸收了，不知道是用什麼手段。」聳聳肩，因爲跟對方算熟，也知道他不會亂講話，阿方把自己知道的部分都說了：「據說他們抽菸賭博啥的很凶，一太懷疑有問題，因爲他們群聚的樣子太反常了，所以要趁著去找他們的機會順便摸清底細。」

「嗯，你們小心一點，眞的不行要打電話給我，我有認識的人可以處理。」如果可以勞動一太帶人出面，虞因大概猜到雙方一言不和可能會動手。

阿方拍了一下他的肩膀：「去你的，你一定會叫警察來，別這樣，我們可以解決，那群連機車駕照都拿不到的小鬼沒啥好怕的，三兩下就叫他們唉爸叫母地回家去了。」

「哈，小心點就是了。」

「安啦。」

嘻嘻哈哈地又扯了一下話之後，阿方幾個人說要去附近的冰店吃涼的，所以就先離開了。

就在他們轉身，而阿方將籃球連球網甩在背後的那一瞬間……

虞因看到那球網裡的，是一顆血淋淋的人頭。

□

水正在流。

虞夏用力咳嗽著，再反覆掬水漱口吐出的動作。

「沒事吧？」隱藏式耳機中傳來外面定點看守同伴的聲音。

用力擦擦臉上的水，虞夏關掉水龍頭，「沒事，小鬼們的菸太嗆了，我很不習慣而已。」應該說是他平常根本沒有抽菸的習慣，混進那幾個人裡面，還沒到下午就被逼著抽了四、五根，他要是因爲這樣得肺癌，一定死都不會瞑目的。

「老大，你小心一點。」聽他的聲音還是怪怪的，那名手下再度擔心地說著：「不要太拚，適可而止就好了。」

「囉唆，我知道啦。」

對方閉嘴後，虞夏又漱了口，濃重的菸味直到現在都還沒有散去，他在那地方實在是待到很想殺人，衡量了自己快控制不住拳頭之後，他才找了藉口先回學校，可惜就是沒有看到那群人的頭頭，阿旺和茵茵又完全不透口風，幾個人就是一味地拿菸給他，還打了撲克牌啥的。

一想到這樣的日子還要持續好幾天，虞夏就打從心底憎恨起那支籤來。

早知道當初抽到它的瞬間就該先拿鐵鎚敲爛那根該死的籤，而不是折斷，現在想想，折斷還太便宜它了。

正在等菸味散去的時候，虞夏的眼角掃到身後有人，一個轉身，卻看到應該是還在小屋裡面的人。

「菸太嗆嗎？」拿著筆記型電腦，不曉得什麼時候來到這邊的凱倫似笑非笑地看著他：「私菸，第一次抽都比較不習慣。」從自己的口袋裡拿出一條口香糖後，他便拋了過去。

接住口香糖，虞夏也沒有拒絕對方的好意，直接丟了一塊到嘴裡：「你什麼時候站在我

後面？」盯著這個人，他始終覺得怪怪的。

一天下來，他注意到茵茵有嗑藥的症狀，包括精神恍惚、精神不集中，還有情緒起伏很大之類的，另外阿旺和安合的菸癮很大，整個下午就是這兩個人猛塞菸給他。

而那個叫作大駱的首領則是到現在連影子都還沒見到。

但是這個叫作凱倫的就和裡面那些人明顯不太一樣，下午也沒見他抽幾次菸，除去那種怪異的成熟感不說，他也不跟其他人打鬧，只是一直在用電腦，也不主動與他搭話。

「剛到，我偶爾也會想去學校福利社買點飲料。」凱倫聳聳肩，這樣說著：「大駱撥了電話過來，說今天不進學校了，可能要明天才能幫你介紹。」

「嘖，我對他實在是沒什麼興趣。」擺出有沒有看到人都無所謂的樣子，虞夏把口香糖丟回給對方，「我看你跟阿旺他們好像不是很好。」

「普通，我是上學期轉來的，大駱那群人管帳什麼的很不在行，所以下面的人對我比較敬畏。」拿出了剛剛那種私菸，凱倫夾著筆記型電腦，逕自點起菸：「這種菸剛吸時很嗆，茵茵吃得很重，她的菸……還有其他人的你都盡量不要收，我的菸比較輕一點。」

「你們的菸有分？」虞夏瞇起眼睛。

勾起淡淡的微笑，凱倫把菸按熄在洗手台上：「我對他們喜歡的菸裡面某個成分有嚴重過敏，大駱不希望唯一可以算帳的人倒在家裡，特別要對方幫我做的。」

「什麼算帳？」

「一些小買賣。」打了個哈欠，凱倫左右張望了一下：「不聊了，總之你不要跟茵茵混太近，她嗑藥的，很容易出事，如果要找人罩，直接來找我就行了。要帶你去我們地盤上看看嗎？」

「不用了，我想自己到處看一下。」

「OK，你慢慢逛。」

目送凱倫離去後，虞夏心中那種奇怪的感覺還是揮之不去，他總覺得凱倫好像哪邊不對勁，但是又說不出來。而且不曉得爲什麼，從第一次見面之後，他一直覺得這個凱倫非常眼熟，像是在哪邊看過，但是卻又不在自己的記憶裡，應該不是通緝犯之類的才對，他對通緝犯的照片都記得非常熟。

或許是之前來阿因學校曾經在哪邊見過吧？

收回視線後，虞夏立刻注意到從走廊上走過來的那個人。

「小聿?不是叫你離我遠一點嗎!」他蹺課?他上課第一天居然敢蹺課!

沒有回答他什麼,小聿默默地遞抬起左手,在手掌側邊有道不算淺的傷口還在流血。

「你的手割傷了?你要去保健室?」看見那有點像是被銳利物品割出來的不小傷口,虞夏皺起眉,劈手奪過手帕後,拽著人先到水龍頭把傷口沖洗乾淨,再用手帕包住,「怎麼這麼不小心!」

眨了眨眼睛看著對方,小聿的臉上依舊沒什麼特別表情,然後把視線移到包紮後的手上,似乎並不特別感覺疼痛,連眉頭也沒有皺一下。

看他也沒有想要去保健室的意思,虞夏乾脆拉著人往保健室的方向走,「你是怎麼割傷的啊,該不會是被欺負吧……不過上課也沒有人會去割你,真是不小心,侈回去一定會碎碎唸的,下次要注意一點。」

看著走在前面那人的後腦勺,有瞬間聿還眞想告訴對方「你現在也是在碎碎唸」。

走了一段路之後,虞夏很快便找到了一樓側邊的保健室,然後不怎樣客氣地直接踢開門,門撞上後面牆壁時,裡面的人都完全愣住了。

那是一個大概五、六十歲的老校醫，還有一個四十多歲的中年婦人。

「他手受傷了。」把小聿拽進來，虞夏老大不客氣地直接喊道。

在錯愕幾秒後，很快先回過神的婦人迎了上來，「眞嚴重，阿姨先幫你消毒……唉呀，你有很漂亮的紫色眼睛呢，最近的隱形眼鏡做得眞好，不過不要久戴喔，很容易長細菌。」

看見女人身上配有義工字樣的名牌，虞夏本能地把整個保健室先掃視過一遍，裡面空間不算小，有四張床，其中一張拉上了布簾，應該是有學生在休息，另外就沒有其他人了。

「你先在旁邊坐一下，校醫會包紮的。」露出了溫和的微笑，婦人走過來，「沒看過你們耶，是新生嗎？叫我張阿姨就好了，要不要喝點飲料？」

「免了。」盯著聿乖乖讓校醫上藥，虞夏直接在旁邊空位上坐下：「這裡平常只有你們嗎？」

「是啊，因爲張校醫年紀大了，阿姨有護士執照，所以才來當義工幫忙，不然校醫一個人忙不過來，怎麼了嗎？」笑容依舊不改，婦人從冰箱拿了罐養樂多過來塞在他手上。

狠狠瞪著手上的養樂多，還是午餐便當剩下的那種，虞夏有那麼一秒還眞想把罐子丟回對方的臉上……

大概等了十幾分鐘之後，聿才舉著被包成一團的手從位置上站起來。

「這個傷有點嚴重，我聯絡一下醫院，你們直接過去縫幾針吧，跟我講一下班級姓名，給你們開假單。」老校醫溫溫吞吞地說著，拿出了假條。

虞夏把學校幫自己捏造的班級姓名和聿的告訴對方後，拿著假條走出保健室：「嘖，今天看來就這樣了，你先回教室把東西收拾一下，我帶你去看醫生。」

停住了腳步，聿抿起唇，然後搖頭。

「不看醫生你要幹什麼？」擺出一定要去的架勢，虞夏皺起眉。

拉過虞夏的手掌，聿慢慢在他手上用指尖劃下了字。

「**帶我回家。**」

他覺得很不對勁。

「阿因，你在家嗎？」

正在沉思著自己爲什麼會看見人頭的虞因聽見房外傳來的停車聲，接著是二爸的大喊。

看了一下手錶，才四點多，照理來說外面那個人不應該在這時候回家才對啊？一邊這樣想著，虞因一邊疑惑地走出玄關。

「幫我拿一下東西。」提著大包小包走進來，在回家之前，虞夏已經換好衣服才去超市買了些東西，「我等等要再回局裡，裡面有晚餐，佟跟我今天會很晚才回家。」

「呃、喔，好。」接過鼓鼓的環保袋，虞因又看了一眼他家二爸：「二爸，你今天該不會放假吧？」他的視線突然停在從他二爸後面鑽出來的那個人身上。

「沒有，我先送小聿回來，馬上要回去了。小聿去縫了幾針，你照顧一下，不要讓他的傷口碰到水。」雖然說不肯去醫院，不過還是把人押著去看過才回來的虞夏，這樣告訴滿臉驚訝表情的兒子，「割傷，早晚要換藥，後天回去複診，藥我放在袋子裡面了。」

盯著自家二爸，虞因總算感覺到哪裡不對勁了，「二爸，你剛剛淋到雨嗎？頭上好像有些黃色的顏料耶，你們今天該不會是跑去打漆彈吧？」注意到他髮上似乎有些殘留的顏色，他開口發問。

虞夏惡狠狠地瞪了虞因一眼，把手上的餐點包用力塞進他手上：「干你屁事！你好好給我看著小聿，我要回去了。」

說完，也不給自家兒子講話機會，直接轉頭就走。

看著自家老爸的背影，虞因實在搞不清楚他為什麼突然發火，在關上門後愣愣地轉回房內，經過客廳時聿已經放下書包，打開電視在看語言教學節目。

一看到人，虞因立刻想到早上嚴司和黎子泓來找他的事，不過一時也不知道要從何問起。總不能衝過去一把拽住他的領子，然後將相片丟到他臉上，要他把事情全都招供出來……又不是二爸，這種事情他只能想想，幹不出來。

又偷偷瞄了他一眼，虞因只好先拿著大包小包的東西走進廚房，然後看了一下晚餐袋，是二爸從餐廳帶回來的飯盒，微波一下就可以吃了，那麼他現在要做的應該是——促進兄弟感情的交流，以便達到問話之目的。

「小聿，你今天在學校好不好玩？」

轉過來回望他的那張臉實在是空洞到可以，虞因深深覺得他挑錯問題了，「呃……好吧，有沒有認識新同學？」

將注意力從電視上移開，小聿對著他搖搖頭。

「程度呢？會不會跟不上？」在沙發上坐好，虞因表現出自己關懷的誠意。

想了一下，聿拿出手機，用內附的觸控筆寫了字然後轉給他，「他們太慢了。」

「太慢？你是說學校的進度太慢？」這是什麼意思？老師偷懶嗎？虞因抓抓頭，印象中好像曾聽到大爸他們在說小聿的班級還不錯：「你今天去試聽，覺得老師教得不仔細啊？」

哇靠，不是試聽，應該是正式上課才對，平常聽人家在補習班打工聽習慣了，一下子改不過來。

「他們學太慢了。」

看見這句話的瞬間，虞因突然覺得背整個涼起來，他同時想到黎子泓說小聿他腦袋很好，還有之前大爸說過他去上的是升學班這件事。

如果升學班的進度還太慢……他記得升學班有時候進度都超前，就連身爲大學生的他都不見得看得懂他們的鬼課本——雖然自己的成績本來就不怎麼樣啦。

「呃，那如果不喜歡，下次你上課帶別的書去看吧，看要漫畫還是電動……」虞因咳了一聲，沒意識到自己正在做錯誤示範。

小聿疑惑地看著他，還是點點頭，腦袋卻想著學校好像禁止學生在上課看漫畫小說。

將視線轉回來，突然不知道要講什麼話的虞因，注意到他身上好像有點髒，不知道還去幹了什麼，「你先去洗澡吧？我把二爸的東西整理一下，等等就來弄晚餐了。」他想，等晚餐之後問應該比較好，他也得想想要怎樣問出口。

站起身，聿拿著背包往二樓走去。

按掉電視後，虞因也跟著站起來，正打算往廚房走時，他突然注意到有條黑色模糊的影子站在自己旁邊，就在眼角看得見的地方，但是轉過去又沒有人，停下時卻又出現。

嘆了一口氣，他現在深深體會到什麼叫作有時候不認命都不行，「你需要幫助嗎？」搞不好畢業後他眞的可以去開一家啥啥啥專接陰間託案的事務所，接著去敲詐死者家屬，說不定眞的能給他大發利市。

不過這樣好像很缺德，算了，人還是不要活得太不切實際比較好。

在他發問後，他看見了在圖書館中的那雙腳，穿著高中女生的黑皮鞋，就在他的身側，然後傳來低低的啜泣聲。

「爲什麼跟我回家？」虞因看著地面，看見黑色的影子倒映在那裡，但是顏色非常淡，像是隨時可能消失。

是一個女孩的影子，但是影子的上半部消失了，只有嘴巴和下臉的部分還在，頭髮差不多長及腰處，裙子沒有打褶、上衣規規矩矩地穿著，看起來應該是端莊的女孩。

那個影子踩在那雙腳下，但是只要他微微轉動視線，腳與影子就跟著倒退，壓根看不到對方的眞面目。

「放心，我有心理準備會看到很可怕的東西，所以不用躲。」他自己都悲哀了，一般百姓沒有人像他這樣可以常常看到吧，能夠沒嚇死好好活到今天，他都覺得自己厲害了。

雖然他做好心理準備了，但是顯然對方沒有，那個聲音持續了一會兒之後，又莫名奇妙地消失了，完全不知道對方的意圖。

轉過頭去，虞因再也沒有看見黑影和腳。

看來已經走了。

但是爲什麼找上他？

圖書館？對了，他好像是在圖書館外面開始遇到的，如果那個模糊的黑色影子就是，那麼是從圖書館開始的？

不過仔細想想，最近學校裡什麼事也沒有發生過，爲什麼圖書館裡面會有事情？

如果早就有的話，那麼他應該在以前去圖書館時就會遇到了。雖然他不是用功的好學生，不過還是常跑圖書館，沒有道理在那邊混了一、兩年都沒有見過這玩意才對。

這樣想想，他同時想到今天另一個不對勁的地方。

那個黑色的長條包。

因爲不知道那個女孩子到底想幹什麼，所以他完全沒有去動那個袋子，怕裡面有什麼貴重物品，到時候有什麼損失自己可賠不起。看來晚點等大爸他們回來之後再請他們拿去警局備案吧，最近奇怪的人事物還眞多。

想到等等還要問聿關於那包香的事情，虞因又開始頭痛了。

就在他最頭痛的時候，某個奇怪的鈴聲響起，他轉過頭一看，是小聿把手機放在桌上忘記拿走了，淡淡的鋼琴旋律從手機那邊傳來。

喊了兩聲之後，小聿沒有下樓，八成是在洗澡才沒有聽到，於是他就拿起來看了。上面的來電顯示沒有名字，只有一個「０５」的代號。

他把人名用編碼的？

「你好，手機主人現在在忙，請問哪裡找？」沒想太多，虞因直接接起了那通來電。

「……阿因大哥？」

聽到那個耳熟的聲音，虞因就黑線了，「妳不是方苡薰嗎？」原來他們兩個有聯絡。

「你是因爲電話費爆表才拿阿聿的在用嗎？」

這死小孩——

虞因差點沒把手機給掐碎，「妳找聿幹嘛！他在浴室啦！」

「喔喔，他今天早退了，不過他們班有晚自習喔，老師問他有沒有要去，因爲晚自習會再額外教一些東西。」

「晚自習是啥鬼？」現在居然還要留晚自習？

「唉，你以前一定不是升學班的。」

「閉嘴！」

掛掉手機之後，虞因抬起頭，正好看見手機主人擦著頭髮走下樓，手上的紗布還滴滴答答地滴著水珠。

「你是不會用塑膠袋包起來嗎！」快步跑過去，虞因連抽起好幾張衛生紙先把他手上的水分給吸乾。

聿看了他一眼，聳聳肩。

「剛剛那個方苡薰打手機給你，你該不會眞的想要去那個啥晚自習吧？」見到對方眞的點頭，虞因有種想哀嚎的感覺。

如果小聿要去學校，那就代表一件事情——他得當司機。

拿出了更換藥物，虞因毛手毛腳地幫忙換藥，雖然說自己常常受傷，不過這樣幫別人換藥的機會不多，所以他也不太懂啥啥包紮法的，反正應該就是捆一捆不會掉下來就對了。

「是說，我有一點事情想問你，我看明天我們一起出去吃個晚餐吧，反正我明天應該也待滿晚的。」他決定找個氣氛好、食物佳的地方來問話。

盯著他半晌，小聿才點了點頭。

□

「被小聿看到了？」

傍晚時分，正在整理報告資料的虞佟看著侵佔別人座位在旁邊扒飯盒的自家兄弟。

「嗯，同一所學校，被撞上是早晚的事，不過我是在那些人聚集的角落碰到小聿的，不知道他跑去那種地方幹什麼。」虞夏其實有點疑惑，因爲那種校園角落不太像是讓人散步的地方，就他所見，一般學生經過應該都是快步離開才對，沒道理特別走進去。

「你沒有和他拍照留念？」

虞夏停下筷子，把凶惡的視線射過去，散發出一種不要以爲你是我哥我就不敢扁你的氣勢。

咳了一聲，虞佟拿起水杯：「你說凱倫這個名字……不知道爲什麼我覺得好像在哪邊聽過。」是在哪裡呢？感覺很熟悉，但是又好像不是最近才聽到的。

「很多人不是都用這種英文名字嗎？」見怪不怪地揮揮手，虞夏把吃空的飯盒整理好：

「沒有看到那個叫大駱的，我打算晚上再去一次，那邊有準備棉被，估計一定有人在那邊過夜，看看可不可以套點有用的情報。」

「既然這樣，因為玖深小弟回去了，就讓小的來幫老大你服務吧。」第三個聲音猛然竄了進來，特別來探班的嚴司露出了非常奸險的笑容。

完全不想在這種時候看到他的虞夏白了對方一眼：「滾開。」

「唉呦，我專程帶髮膠來耶。」拋著剛剛去商店買的新髮膠，心情非常爽快的嚴司搭著對方的肩膀，「放心，我很會幫人家弄頭髮，之前在等解凍時常常幫屍體做造型。」

虞夏的回答是直接朝後面給他一拐，在某人抱著肚子哀嚎時站起身，「那就這樣，我要先出去了。」惡狠狠地拽走嚴司手上的髮膠後，他還補了對方一腳才離開。

看著抱著肚子和腳在唉的友人，虞佟搖搖頭：「你跟阿因都很喜歡激怒夏耶。」然後再被揍，該說他們是有被虐傾向嗎？

在旁邊的椅子坐下來，嚴司才竊笑了幾聲，「你不覺得老大被激怒之後滿可愛的嗎？」重點是他還滿容易被激怒的，眞有趣。

基於雙胞胎的同一外表，所以無法茍同「可愛」這兩個字的虞佟搖搖頭。

「就像把番薯拿走後會抓狂的小猴子一樣……喔喔，當然阿佟你不是可愛，是穩重。」

現在虞佟開始覺得幸好他是在自家兄弟離開後才講感言，不然眼前這位法醫應該很快就能體會到他家雙生弟弟不可愛的那一面，而且是用皮肉痛來體驗的。

正想說點什麼，虞佟注意到附近起了小小的騷動，接著是夜班的同僚匆匆經過，然後在他們不遠處稍微停了一下，「剛剛有人打電話到勤務中心說發現屍體，特徵與失蹤的第四個女生相似。」

虞佟站起身，「我也一起去。」

「我義務加班吧。」帶著皮皮的笑，嚴司硬是湊了一腳。

「沒有加班費喔。」

「ＯＫ的啦。」

約莫十幾分鐘後，在郊區拉上了層層黃色的警戒線，隔離了聽到消息而來的附近居民。

幾名現場工作人員來回走動著，拍下周遭一切事物的照片。

在嚴司幾個人到達後，現場蒐證工作正好做完了初步動作。

「傍晚有人在附近蹓狗時發現的。」一名員警迎了上來，這樣告訴他們，「我們裡面有人注意到她身上的學生證和你們那邊發出的一樣，所以趕快通知你們。」

接過手套，虞佟朝對方點了下頭。

這是片比較小的山丘郊區，山下都有住戶，往上是一些廢棄的景觀區，四周都長著雜草，平常大概就是附近住戶輪流在整理，避免蚊蟲或是流浪狗聚集。

連著山丘往外是條通往砂石場的捷徑，所以還不至於眞的荒無人煙。

進入封鎖區後，虞佟入眼所見的是一個穿著制服的女孩橫躺在地上，像是個被折斷手腳的娃娃，整個身體呈現不自然扭曲的姿勢。

打上燈光之後，他倒吸了一口氣。

「頭的上半部都沒了。」蹲在屍體旁邊，嚴司翻動了一下爬滿蛆蟲的下半頭部，「全身都有骨折和高速磨擦的傷痕，我看應該是從車上被丟下來棄屍的，這邊沒有明顯血跡。」燈光照亮的四周幾乎沒有血液跡證，只有黃沙混著雜草的土地。

看著相連下半頭部的黑髮幾乎捲在女孩的頸上，虞佟閉起眼睛，然後再睜開，「照這樣看來，如果他們都是同樣原因失蹤的，我怕另外三個可能也要做最壞的準備。」

「我們問過附近的人，沒有人看見什麼行蹤可疑的車子，這兩天也都沒有注意到不對勁的地方。」剛剛領他們來的員警這樣說著，然後引著他們在四周幾個明顯處轉了圈，「白天這裡都會有砂石車經過，剛剛已經聯絡過了，但是沒有人看到任何異狀，所以應該是在晚上丟棄的，晚一點會把收集到的資料轉到你們那邊去。」

「麻煩你了。」

虞佟讓嚴司繼續工作，自己則站起身在周圍走了一圈，看見了附近的燈光，「這裡好像離阿因他們學校很近。」

「喔，另一邊就是大學和高中了。」員警這樣告訴他，「大約十分鐘左右的車程，繞過旁邊的相連道路就會到大學那邊的山，不過這邊很偏僻，連學生都不太會來。」

盯著遠處的點點燈光，虞佟有那麼一秒鐘隱隱有種不對勁的感覺，但是又說不上來。

「幹嘛？想去找老大嗎？」讓人將屍體移走後，嚴司靠了過來。

「沒事，我是在想，這個女孩的紀錄一向都很乖巧，爲什麼會遇到這種事情。」

盯著旁邊的人一眼，嚴司打了個哈欠，「先告訴你一件事，讓你有心理準備，我剛剛看了一下，這個女孩子死亡時間可能還不到三天。」

虞佟轉過去看他。

「她失蹤後並不是立刻死亡。」

□

看著逐漸暗下來的天色以及往後倒退的景色，一邊催動油門的虞因，一邊在心中亂七八糟地問候一通。

他明明已經下課了，幹嘛還要跑回學校！

難道不知道學生最痛恨的就是回家後還要二度看到學校嗎！

「二爸如果知道你還跑回去上啥鬼自習一定會罵人，到時候拜託你自己認罪，不要把我也拖下水。」對著後座那個人喊了以上這段話後，經過了幾秒，虞因讓機車停在高中前。

後座的小聿拿掉安全帽後才跳下車。

「你晚自習要多久？」看著晚上變爲夜校的學校，虞因有點不放心讓他自己一個人進去教室。白天和晚上不同，晚上的學生比較複雜，讓他有點擔心。

比了一個「九」的手勢，小聿偏著頭看他。

「到九點？」

對方點點頭。

「哇靠，有沒有這麼拚啊，讀到九點會讀死人吧！」算了一下時間，虞因覺得一天從早上八點到晚上九點都在學校唸書，這眞不是人幹的，「算了算了，你又不差晚自習，去跟老師說你不用上晚自習，等等帶你去吃忠孝路夜市。」據說聿都已經懂四國語言，還高分入學，他本人也表示學校進度慢，那就沒理由再去上進度慢的晚自習吧？

這樣想著，虞因想拽著人直接殺去向老師退掉這個額外課程。

看他很有衝進去的打算，小聿連忙將人給攔下，然後拿出手機寫了幾個字之後轉給他看：「這幾天看看，不行的話我再問老師退掉。」

「你很喜歡讀書喔？」這種方式會讀死吧？

想了一下，聿點點頭。

「好吧，那你先去看看好了，要是不行就別去了，老師應該沒有權力要求你留下來『加班』吧，拚升學也不是這樣拚的，小孩子就是應該多在野外狂奔才對。」看了一下手錶，虞因四周張望了一下：「我去附近朋友家繞繞，你下課後打電話給我，我就過來接你。」

依然點了頭，聿拿著背包走進校門。

收好安全帽之後，虞因在腦袋裡面大概思考了一下方位，就掉轉摩托車往附近的巷子裡鑽進去。

約是晚餐時間，附近住戶都已經點亮了燈，幾扇窗子中可以看見父母和小孩正要開飯的畫面。

他不自覺地停下來。

很久之前，他們家也是這樣。

父親不在家時，至少還會有母親坐在飯桌的另一端。可能飯菜不像餐館那麼美味，但是熱呼呼的，冒著暖暖的白煙，兩個人的飯菜份量不多也不少，通常媽媽會將爸爸的宵夜另外留下來，在他入睡後送到局裡，然後再回家陪他。

那是很久之前的事情了。自從煮飯的人換手之後，變成大爸會盡量回家，二爸也減少在局裡過夜的次數。

他其實都知道這些事。

只不過偶爾看到別人家的時候，還是會有點小小的羨慕。

正把注意力收回來時，虞因突然感覺到車後座一沉，似乎有人坐在他的後面。回過頭一看，卻啥也沒有。

「搞什——」

反射性要抱怨的話只出去了兩個字就停下來了。

在柏油路的地面、路燈的倒映下，他看見腳下的黑色影子，在他的機車後座上坐了個女孩子的淡淡身影，沒有上半的頭顱，有著長長的頭髮。

倒映的黑影當中，那個女孩伸出手，指著一個方向，接著像是演默劇般，她環起手，像是抱著什麼小東西在逗弄。

盯著影子，虞因整個腦袋裡充滿了問號。

她在玩什麼？

一陣刺眼的亮光迎面而來，瞬間還沒反應過來的虞因，只看見車輛刺眼的燈光，以及其他玻璃上的倒影。

失去半頭的女孩坐在他後面，短短的一瞬間，他看見蒼白的皮膚崩裂了許多傷口、黑色的血染上他的外套，下一秒，他的摩托車側邊被閃避不及的車給擦撞，整個人連車摔撞到旁邊的牆上。

「靠！你有沒有看到這是單行道！」對著違規逃逸的車屁股大喊，虞因摘下安全帽，忿忿地記下了車號，因爲剛剛在看地上反應不過來，外加對方開了大燈刺眼，所以沒有仔細看清楚車子的外型，感覺像是輛白色的車。

心痛地看著被刮出痕跡的愛車，虞因在心裡把肇事者的祖宗十八代都給問候一次，接著捲起袖子、褲管，發現手腳都擦破皮了，正在流血。

「可惡！」褲子是新買的耶！

因爲有擦撞聲響，附近幾戶人家紛紛探頭出來觀看，確定沒有出太大的事情之後，又有一半的人縮回去了。

「是輛白車嗎？」問句在幾分鐘後出現在虞因旁邊。

他轉過頭，是個中年婦女，外型滿優雅的，感覺是個很有氣質的媽媽類型，「對啊，單行道還逆向行駛，差點被撞到。」拍拍摩托車上的灰塵，看來刮痕又要花錢了，他最近一定是帶衰又破財，眞不知道是不是今年犯太歲還是怎樣。

「那輛車都這樣，我們住附近的也好幾次差點被撞到，他從來不想想別人的安全，遲早有一天會出事。」譴責了一下肇事逃逸的車輛，婦人又轉回視線：「車主就住附近，我看你也被擦撞到了，要不要到附近警局去備個案，叫對方給你賠修車錢？」

「沒關係，我晚點過去就好了。」拿出手機拍下馬路跟自己的摩托車後，虞因揉著發痛的手，想著先到附近藥局買個啥來貼貼。

「你受傷了嗎？」注意到他的動作，婦人拉過他的手檢查了一下，又看了看他的腳，「滿嚴重的耶，不然你來我家好了，先幫你消毒做一下簡單處理，我在高中那邊當義工護士，家裡有急救箱可以幫你包紮。」

「呃，方便嗎？」看她的動作很熟稔，虞因有點猶豫。

「沒關係，都傷成這樣還有啥好客氣的，我看你大概也是對面那所大學的學生吧，不用緊張。我家就在前面一點而已，不會太遠。」

看看婦人比畫的方向，的確就一小段距離，於是虞因點點頭，「不好意思打擾了。」

因爲距離不太遠，虞因就推著摩托車隨她走，順便探聽一下：「那輛白車的車主在這邊住很久了嗎？都沒有人去檢舉他喔？」

「有啦，被檢舉很多次了，之前附近有流浪狗生小狗啊，半夜叫的時候嫌吵，結果那個車主還拿空氣槍打死好幾隻小狗，有人報警來處理，對方也是罰款罰不怕啊，大概是有錢人吧。」讓虞因把車停在家門口後，婦人打開屋門：「對了，你叫我張阿姨就可以了。」

「嗯。」

進屋之後，虞因稍微打量了一下，是幢普通的小房子，有三層樓與陽台，樓下客廳整理得非常整潔，看起來一點也不凌亂。

「妳家小孩也讀學校附近啊？」看看掛在牆上的照片，是一家三口，孩子是個看起來和婦人有點像的男孩，虞因隨口問了一下：「跟我弟好像差不多年齡。」

「是啊，他是附近高中那邊的升學班，平常上課都上到很晚。」露出了微笑，婦人看著相片，「常常拿班上前幾名，都不用我擔心。」

「喔，眞巧耶，我弟也是那邊的學生。」看著她臉上滿足的表情，虞因搭了話，「也是升學班的，不過滿操的，晚上還要去上課。」

「學校嘛，當然會希望學生的成績一直維持下去，不過做父母的成就感也會很大，畢竟孩子優秀是最好的。」婦人拿出醫藥箱在旁邊打開，讓虞因坐下後，動作熟稔地進行消毒和上藥。

點點頭，虞因盯著她專注的樣子，突然聽見樓上有細微的腳步聲，「你們家還有人在啊？」

愣了一下，婦人疑惑地看了他幾秒。

「沒人嗎？我好像聽到樓上有人在走路……」虞因連忙解釋，「沒別的原因。」

「喔，可能是我兒子在樓上吧，他有時候看書看一看都會起來走走。」有點淡漠地回答著，婦人打開了藥水。

見她似乎不是很想繼續這個話題，虞因也很識時務地閉上嘴巴，雖然他很想問說升學班今天不是有晚自習嗎……不過回頭想想，大概不是所有學生都得去吧，像他也勸小聿不要去晚自習，誰知道晚上還要讀書有多累。

就在差不多要處理完畢時，巷子外面又傳來尖銳的煞車聲，接著是囂張的奔馳聲。

「又回來了。」瞄了一眼窗戶外面，婦人用不耐煩的語氣說，「每次都這樣，就連去買包菸也是開著車到處亂撞，遲早撞死他！」

「哈哈哈……」陪著乾笑了一下，虞因心想等等要去記車牌，晚一點找人幫他處理。

就在外頭的車聲消失後，一種極細微的聲響從虞因的腦後傳來，非常森涼哀怨的抽泣聲，讓他一瞬間整個背脊都冷了起來。

那聲音就貼在他的身後，冰冷的感覺壓在他背上，他幾乎可以嗅到腐敗的氣息。

「不好意思，我臨時想到一些事，要先走了。」虞因連忙站起身，拿了自己的背包匆匆忙忙地先招呼了句，在婦人還未反應過來前就衝出玄關。

外面的天空黑得深沉。

那輛白色的車子已經自黑色的巷口消失，連點聲音都聽不見了。

女孩子的哭泣聲悠悠地迴盪在風裡，於是漸漸消失。

□

小聿看著坐滿學生的教室。

白天和晚上交接之後，在這邊的學生又換了一批。

與白天不同，夜校充滿了各式各樣的人，甚至有已經出社會的工作者來繼續學習，相較於白天的學生，略有些複雜。

他稍微看了一下之後，並沒有走進自己的教室裡面，應該說他其實並不打算眞的進去晚上的加強自習課程，所以轉身之後便離開了走廊。

「在這邊。」站在樓梯間的方苡薰向他招招手，「你還滿早的嘛，我還以爲虞阿兄又保護過度，會把人扣在家裡。」

看了女孩一眼，小聿沒有太大反應。

對方不太理她，自討沒趣的方苡薰聳聳肩，然後指著樓梯外的黑暗景色：「那一個就是大駱。」

順著方苡薰指著的方向看出去，小聿看見白天去過的那個校園死角圍了幾個人，燈光照不進的角落當中，有大約兩、三個人影在晃動，因爲他們是從三樓往下看，所以沒有辦法將對方看個清楚，更別說是長相了，五官與黑夜融合而模糊。

「大駱的人之前得罪過我，所以我也給他們一個難忘的經驗，他應該不會很樂意看到我，不過你是新面孔，我想應該可以探到點什麼。」趴在樓梯的護欄上，方苡薰眨著眼睛望著黑暗中的那些人：「我學姊之前就是在跟他們打交道，但是好像發現了什麼很嚴重的事，現在連我都聯絡不到她了，這兩天我會去學姊家看看有沒有其他線索，順便找她，你就試看看能不能從大騞他們身上套出點什麼來吧。」

看了方苡薰一眼，小聿緩緩地點點頭，然後轉過頭逕自走下樓梯。

「如果——」喊住了小聿，其實不太確定這樣做會不會發生事情的方苡薰有點躊躇，「如果你看見情況不對要馬上抽身，不要涉入太深，要是有危險就打電話給我，我會馬上找人來救你。」

有那麼一瞬間，小聿想到虞因好像也講過類似的話。

但是其實他並不是那麼需要別人太多的關心，這讓他覺得——

甩開腦袋裡突然浮現的事情，小聿嘆了口氣。微微點了下頭後，他放慢了腳步直接往白天去過的死角走去，方苡薰的影子一下子就消失在樓梯後方，大概也是去進行自己那邊的事情。

角落裡總共有三個人，但是他運氣好，其中一個今天照過面。

馬上就注意他靠近的何旺宏拿下了嘴上的菸，「你不是阿夏的啥啥親戚嗎？又跑來這邊幹什麼！」

原本正在交談的兩個人回過頭來，一個有點畏縮，穿著學校的制服，是日校生，另一個穿著便服，頂著的光頭略微長了點髮，他左邊頭顱上有條約二十公分的疤，特別顯眼，一看就知道受過嚴重的傷，這讓他的外表看起來相當嚇人。

「誰？」有著光頭疤的男孩陰沉地開口，他的年紀看起來比何旺宏還要大，應該是留級過或者是夜校的學生，可能已經成年了，給人的感覺相當深沉冰冷。

「剛剛不是才跟你說嘛，今天我帶了新人去我們的地盤，叫阿夏，看起來也是個狠角色，這一個聽說是他的資優生親戚，不太會說話的樣子。」從黑暗中走出來，何旺宏用力拍了小聿的肩膀兩下：「喂，你該不會是來找你的阿夏表哥、堂哥之類的吧？他沒有在這裡，不要又亂跑亂闖進來，當心我揍你！」

透過眼鏡看著眼前的人，小聿往後退了一步，然後盯著後面帶疤的人看。

「還不快滾！」推著人，何旺宏催促著趕人。

「等等。」從何旺宏後面走出來，被方苡薰指著叫大駱的那個人走了出來，然後上下打量著小聿：「沒看過的新面孔，資優班下來的？」

小聿同時也在打量對方，他緩緩地點了下頭。

「你很好奇我們在做什麼？」大駱環起手，突然勾起一抹奇異的笑。看著這個人，小聿很快就明白對方的城府比他想像中還要深，他估算著目前的情勢，然後再度點頭。

猛地抓住了小聿的下巴，大駱瞇起眼睛，看著似乎沒有驚嚇到、也不抵抗的資優生，「很冷靜，不會講話，有沒有查過他們兩個的底細？」

「底、底細？」何旺宏愣住了。

「我們裡面能用的人有他媽的三個失蹤了，除了凱倫有點腦子之外，你們幾個傢伙都不夠用，如果你說的那個狠角色跟這小子沒問題的話，就把他們吸收進來。」甩開了小聿的下巴，大駱從上衣口袋拿出口香糖，拆了包裝紙後丟到嘴裡。

「欸……這個是資優班的耶？」有點不安地看著聿，何旺宏開口。

大駱橫了對方一眼，冷笑了一聲，「凱倫之前不也是資優生嗎？」

「好吧。」何旺宏看了聿一眼，有種這傢伙眞倒楣的感覺，「話說回來，那個女的怎麼辦？」

見話題轉回後，一直沒有開口，顯得畏縮的男孩才躬著身體：「我們今天本來已經快抓到了，不過對面大學的打壞我們的好事，雖然已抓到人，可是東西不見了，打了一個下午，她不說就是不說，想問一下該怎麼修理她？」

「叫茵茵過去處理吧，她不是最喜歡處理女的嗎。」揮了下手，大駱呸掉口香糖：「對面的……又是一太那群？」

「對、對啊，就是他們。」擺出對大學生沒輒，畏縮的男孩連忙補上幾句：「要不要多找一些人去堵他？給他們一點教訓，每次都要管我們的事情。」

大駱突然橫瞪了那個男孩一眼，對方見狀立刻安靜下來。

注意到大駱的眼色，何旺宏拉著旁邊的小聿退出角落，「過來過來，不要在那邊湊熱鬧了。」

一直將人拉到聽不見的地方之後，他才轉了個方向，「你這個傢伙眞的很奇怪耶，爲什麼一直跑到我們那裡去啊……算了，又不講話，問也問不出個屁來。」

有點遺憾沒能聽到剛剛的重點部分，小聿將注意力拉回了眼前這個人。

還是從這邊下手好了。

□

「找到屍體了？」

看著屋外暗黑的天色，傍晚之後折回廢棄眷村房舍卻沒有看到人的虞夏四下找到了蠟燭，便沿著桌上的痕跡插好點燃，同時也接到自家兄弟的電話，「在哪邊找到的？」

「你學校附近的山腰。」頓了頓，虞佟呼了口氣，聲音好像有點疲憊：「是第四個失蹤的那個女孩，阿司說死亡時間差不多是兩、三天前，進一步要回去才能確認，這邊已經開始有媒體了。」

「我覺得明天頭條出來一定會先罵警方無能，一直找不到失蹤者才害她死亡。」已經被罵過很多次的虞夏，立刻就明白明天會發生什麼事，接著因爲輿論的壓力，很快地上層又會往下施壓，接著團隊又會倒楣。

啊——可惡，他們也才剛接手不久吧！

「現場初步勘驗並沒有發現什麼特別的東西，搜查到的部分晚點會轉到玖深那邊去，所以——」

「我知道了，愛你喔。」

聽到聲響，虞夏立即將手機掛斷，轉過頭，正好看見拿著手提燈搖搖晃晃走進來的茵茵。

「你躲在這邊跟女朋友講手機嗎？」將手提燈放在桌面上，茵茵看了他一眼，眼神有點呆滯，「家呢？」

「妳不是也不回家。」收好手機，虞夏吹熄了蠟燭。

泛著白光的燈冷蒼蒼地照亮了整個室內。

點燃了根香菸，抹著淡淡口紅的茵茵冷笑了一聲：「我告訴你哪，我爸是那種連消費券都會幫我領走、自己拿去賭博喝酒的人。我媽是那種跟著一起賭，還叫你身上有錢都要拿出來的人。我家呢跟豬窩沒兩樣，裡面丟滿了菸蒂跟酒瓶，沒有人煮飯，只有人把7-11的便當盒丟在地上生蛆發臭；現在我之所以可以上學，是因爲有個善良的社工掏出自己的錢幫我繳學費，他還相信人性本善，要我好好學習，不要步入我爸媽的後塵。」

「那麼妳現在算是在步入嗎？」看著在燈光中上升的煙圈，虞夏往旁邊的老舊沙發一坐，椅子發出細小的聲響，他看見沙發椅下面有個保險套的空袋子。

「大駱給我一筆錢，讓我自己繳了學費，現在我不花社工的錢了，我管他要說什麼。」叼著香菸，茵茵再度點燃了蠟燭，手指慢慢地撥弄著火焰，黯淡的燭光在她的手中忽明忽滅，散發出不自然的搖曳光芒，「那兩個人生我不養我，只會打我，大駱讓他們不敢再打，我幹嘛還要回去？」

聽著女孩的話，虞夏暗暗思忖著，大概明白爲什麼大駱身邊會有人爲他賣命了。他能夠提供一種不用大人插手的自由。

「那你呢？」茵茵恍惚的目光看了過來，問著。

「我只是太無聊。」看著眼前女孩精神狀況似乎有點異常，反應也不很迅速，虞夏立即就察覺到不對勁，「妳……」

一陣風吹來，猛然吹熄了蠟燭的火光，打斷了虞夏的話。

四周陷入了安靜，不知道是不是燭火消失的錯覺，手提燈的顏色突然變得更爲蒼白，像是一種能夠滲透入地面般的死白。

虞夏抬起頭，有那麼一秒鐘，他還以爲眼前的茵茵是具死屍，白光下的身體看起來有點臃腫，臉上毫無血色，就連血管都幾乎可以看得一清二楚。

就連看過許多屍體的虞夏，在那一瞬間也不免心驚了。

打破寂靜的是反常的吹狗螺聲，遠遠地不曉得哪一戶的狗發出了「凹嗚」的鳴叫聲，接著是另外一條、再另一條，就像是有人踏著腳步逐漸逼近一樣，狗嚎聲交疊著，越來越多，屋外四面充滿了不正常的吹狗螺。淒厲的聲音直接傳到屋內，伴隨著隱約有人在大喊不要亂吠的聲音，直到整個屋子四周都被這樣的聲音包圍。

「什麼聲音……」拋掉了香菸，茵茵走到用木板拼成的窗戶邊，探出頭往外看。

就在那一瞬間，虞夏看見木釘的板子鬆動了一下，上面的板子整個往下掉，而他的位置來不及將女孩往回拉。

一個巨大的聲響在空盪的區域中迴響……

「眞危險，安合之前不是說過木板不太牢固嗎，當心有一天妳會被夾死在這裡。」不知道什麼時候已經來到外面的凱倫，用手上的筆記型電腦硬生生地阻止了掉下來的木板，而在停止之後，木板就往旁邊傾斜，最後落在地上。

看了站在外面的同伴一眼，茵茵過了兩秒，才從喉嚨中發出了渾濁不清的聲音，然後人才往後退，離開了窗邊。

「嘖，壞掉了。」收回了手上的電腦，凱倫看著上面撞出的凹痕，然後就地啓動電腦，但是過了一會兒，整個螢幕還是黑的。

「我有認識的人會修，要不要幫你拿去處理一下，免費的。」靠在窗格旁，虞夏上下檢視了一會，奇怪的是雖然說窗邊木板釘得很隨便，但是卻不太會搖晃，整體來說應是滿穩固的，不像隨時會掉下來的樣子。

「不用了，我不喜歡讓外人碰我的電腦。」勾了個笑，凱倫繞過窗戶從門口走了進來。

感覺有點惋惜，本來想趁這個機會讓玖深他們檢查看看電腦裡面有沒有關於那幾個失蹤者的事情，看來暫時沒有辦法了。「你們晚上都睡在這裡？」虞夏看著兩個人似乎對於在這邊過夜很自然，隨口問道。

「這邊本來有發電的機器，大駱花了一筆錢買的，前兩天茵茵把汽水倒在上面之後送修了。」簡單解釋一下，凱倫看了眼沙發上搖晃著雙腿的女孩：「不然原本有電燈，還有電磁爐可以煮東西和泡麵，聽說我來之前，他們常常一大群人晚上都聚在這邊。」

「了解。」看來這群小孩真的將這邊當成容身的基地。

虞夏突然發現，在凱倫來了之後，外面的狗叫聲已經不知不覺停止了，燈光似乎也不再那麼蒼白，屋外恢復成一片平靜，就好像什麼事情都未發生過一樣。

像是被牽引一般，他不自覺地轉過頭看著那扇窗。

在屋外、木板之後，有一隻蒼白的手在慢慢向上移動，直到完全消失在窗戶上方。

於是，夜晚就這樣靜下來了。

5

自那天晚上之後，虞因一直覺得很不安。

隱隱約約地，他總感覺到好像要發生什麼事，除了那個會哭的「女孩子」之外，他這兩天眼皮一直跳，也不知道是怎麼回事。

「被圍毆的同學，你是顏面神經受損嗎？」拿著兩杯可可走過來的嚴司，劈頭就給他這句話：「你一大早打電話告訴我除了想看一下昨天發現的屍體之外，該不會第二個目的就是來讓我幫你檢查看看顏面神經有沒有問題吧？」將手上其中一個杯子遞給眼前的青年之後，他還不忘要調侃兩句。

正在揉眼睛的虞因馬上收回手來，順便給對方一記白眼才接過冒著暖煙的可可。

「工作室那邊現在有人，不方便讓你進去，所以我拿照片過來給你。」拿起夾在身側的資料夾，嚴司這樣告訴他。

上午十點，虞因來他的單位拜訪，而他們現在正在嚴司的個人辦公室裡。

「可以不要跟我二爸說我有來過嗎？」接過資料夾，很怕又被痛毆的虞因陪著笑臉小心地拜託著。

一聽到他說虞夏，嚴司差點又噴笑起來，不過他還是很努力地控制住自己差點扭曲的表情：「我盡量，是說被圍毆的同學，你怎麼突然心情那麼好，想要跑來看屍體？該不會是我們未來的靈能力大師又被冤魂託夢申冤了吧？」

「我靠——」

還沒罵過去，虞因先聽到的是啪的好大一聲，兩個人一起回過頭，看見正打開門的玖深整個人往後倒退了一大步，臉上露出驚嚇的表情：「如果你們要說『眞有其事』的鬼故事，我等等再過來。」

爲什麼、爲什麼他會在這種地方碰到一點都不科學的阿因，爲什麼他們兩個要講出不科學的話！他決定當作什麼都沒聽到，先去外面跑兩圈，調整一下情緒再說。

快了一步抓住人的嚴司露出邪惡的笑，還順手帶上門：「你的恐懼我都知道，但是自古以來誰無死，爲了愛與正義，聽聽總比沒聽好。」

「拜託你讓我回去。」玖深開始掙扎了。每次聽阿因說不科學的事情之後，他總會想盡辦法繞開傳說中的「事發」地點，但是隨著越聽越多，他都覺得自己在台中快混不下去了。

有時候，人不明不白死了總比知道恐怖的真相好。

「這關係到那個女學生的案件。」嚴司才說完，正在掙扎的人停下來，然後露出天人交戰的表情，最後用壯士斷腕的表情做終結。

看著玖深害怕兮兮地在室內角落站好，虞因都不知道該笑還是該可憐他了。

翻開手上的資料夾，這是昨天嚴司徹夜沒睡所做好的初步檢驗報告，上面還附著照片。

而他一看見照片之後，馬上了然了。

「簡單地說，這個女孩子有找上我。」雖然只有驚鴻一瞥，但是虞因不會錯認打扮，包括那少了半個腦袋的頭顱以及長髮，「就在這兩天發生的事情。」

「從屍體狀況判斷，她的死亡時間約在七十二小時左右，身體嚴重脫水、胃裡幾乎沒有食物，另外她身上有許多傷痕等等……應該是被囚禁了很長一段時間，不排除被拷問過。」聳聳肩，嚴司簡單地告訴他。

「呃，另外衣服上有狗毛。」站在角落的玖深插了這句話。

狗毛？

闔上手上的資料夾，虞因嘆了一口氣：「我昨晚有看到，她的確是做出了像是抱小動物的動作。另外，昨天我在學校附近的巷子中差點被車撞，車主聽說是附近相當跋扈的傢伙，素行不怎麼好，晚一點我要去跟大爸報備一下，鄰居也說過之前附近有流浪狗生小狗，被那傢伙拿空氣槍打死。」

「車、車子是怎樣的？」玖深反射性地拿出了筆記本。

「白色的，我沒注意到車型，但有拍下相片，裡面應該有車胎痕跡，我現在寄到你手機好了。」說做就做的虞因拿出自己的手機開始傳輸。

大概過了幾秒，玖深拿出自己的手機，果然收到對方的信件。「好黑喔。」打開之後裡面是幾張巷子的照片，因爲是晚上，所以照不清楚，黑黑暗暗地看得不是很清楚，大概要再用電腦調整。

「除了小狗以外，那個女生有再說啥嗎？」嚴司好奇地發問。

「沒耶，每次都是一直哭一直哭，連話都不講。」要是她能直接說出凶手是誰，那就方便了，虞因嘆了口氣。

「所以是小狗嘛……」

「嗚啊——!」

打斷了兩人交談的是玖深的哀嚎聲:「阿因!你騙我!」差點沒將自己的手機摔出去,他顫抖著手把手機快速塞到嚴司身上。

他要去換手機!

「啥東西啊?」拿起手機,嚴司瞇起眼睛看著螢幕。「啥都沒有,黑漆漆一片。」在他看來不就是一條黑巷子嘛。

「有啦!你接到電腦上調亮!」恨不得馬上離開這個不科學的地方和那支不科學的手機,玖深退離他好幾步。

「調亮?」疑惑地看著遭到打擊的人一眼,嚴司拿著手機接到自己桌上的電腦,讀取檔案之後,用簡單的軟體開了那張相片,在玖深的指示下調高亮度。

也不知道相片裡面有什麼玄機的虞因靠過去看。

在相片被軟體慢慢拉亮之後,他的眼睛也跟著瞪大了。

黑色的街道中隱約出現了女孩的身影,失去了半頭的人影有一半消失在一面牆當中,而那面牆就是昨晚虞因去的那個張阿姨的家。

也就是說，那個女孩子還跟著他？

「玖深小弟，你的眼睛好銳利啊，這麼黑的相片你也看得出來有東西。」嚴司愉快地看著那個露出驚恐神色的人，心情很好地邀請他：「下次我去拍一些回來，你再幫我鑑定看看吧，我都沒有拍過這種靈異照片。」

「我死也不要！」表現出自己絕對不可能幫忙的堅決態度，玖深又往後退兩步。

「你沒有拍過嗎？」虞因看著那個睜眼說瞎話的人，「不然上次那個水塔妹妹你是拍到了什麼照片。」

「那是漏水照。」有人很理直氣壯地這樣回答他。

「……」

「對了，我想起一件事，你們學校這區之前也發生過事件嘛。」看著相片，嚴司突然想到不是他們經手，但是曾聽過的傳聞。

「發生過事？」學校附近是風水不好嗎？

「好像是在我來之前，聽說有個學生被圍毆，後來重傷致死，太晚發現了。」對這件事情也不是很了解的嚴司偏著頭想了一下，其實他也只看過新聞，不太確定。

「那個……那是上學期的事。」玖深開口接話：「被圍毆的學生傷勢很嚴重，清晨才被發現，因爲前一晚下大雨，水把證據都破壞了，根本查不出來是誰幹的，學生本身也沒有和人家結仇，大概過了兩天他就過去了。」

「校園的暴力事件？」虞因皺起眉。

「好像是吧，那陣子不知道爲什麼，你們學校那區發生好幾起暴力事件，少年隊的抓了好幾次，最近不知道爲什麼才比較好一點。」吞了下口水，還是很在意手機的玖深一面考慮要不要叫嚴司一把火燒了一面開口：「那個死亡的學生比較倒楣，如果有人立刻發現他的話，其實他根本不會死，同時間發生的暴力事件雖然都傷得很嚴重，但是都不致死，奇怪的是被打的人都不透口風，所以少年隊覺得應該是不良少年在競爭，每個學校都會有的事情。」

上學期？

多起暴力事件？

虞因立刻想到阿方那些朋友說過的話。

上學期開始，對面學校的老大換了一個叫大駱的人，他把毛狗給打到住院了，毛狗以前也不少手下，估計就是那時候發生衝突。

他有種很不好的預感。

邊聽玖深在說你們幫我把手機燒掉、曝曬陽光之類的話，他邊拿出手機撥給阿方，另一邊很快就給接通了，「阿方？你們上次不是說要找時間談判嗎？」

「阿因？你消息滿靈通的，已經決定時間跟地點了。」

手機那端傳來了似乎是球場上的聲音，好幾個人正吵雜著，還有投球入框的聲響。

「哪裡？」

「明天晚上，在學校後面那塊空地。」

「明天？不能改時間嗎？」虞因感覺到眼皮又跳了一下，他直覺不能讓他們去談判。

「怎麼了嗎？」對方傳來疑惑的聲音，「對方主動聯絡我們的，一太想趁這個機會把話全部說清楚。」

「感覺有點不對勁。」注意到嚴司他們投來關愛的眼神，虞因壓低了聲音。

「放心，我們會多帶點人去幫一太的。」手機那頭傳來別人的吆喝聲，阿方回喊了幾句，才又對著手機說：「安啦，我們不會出事的，先這樣啦，掰。」

瞪著掛掉的手機，虞因嘆了一口氣。

他能做些什麼？

□

「明天晚上七點在大學後面那片空地集合。」

按掉手機，茵茵這樣告訴在屋子裡面的其他人，「大駱要和對面大學的人談判，不過呢，大概會動手。」她特別瞄了一眼坐在旁邊的虞夏，刻意說道。

「不是說之前被少年隊盯上，最近不要亂動嗎？」換了台筆記型電腦，依舊在旁邊打著電玩的凱倫把視線轉過來，用一種非常不贊同的語氣說著：「大駱不是答應過？」

「誰知道，大概是他又看人不順眼了。」點燃香菸，茵茵在椅子上晃著腳：「大駱說你不去也沒關係，反正我也討厭你去那裡，沒有用。」

凱倫沒有和茵茵抬槓，只是把視線放回自己的電腦上，無言地繼續敲著鍵盤。

「這樣不是剛好嗎，大駱還沒有看過阿夏，就順便測試一下他的程度怎樣好了。」坐在那個壞掉的窗台邊——現在木板已經整個被拆掉了，安合涼涼地下著結論：「要是太爛，你就回家去找媽媽吧。」

沒有多說什麼，虞夏走到對方面前，在他還未回過神的那一瞬間，猛然拽住他穿不整齊的制服領子，「你想試試看嗎？」沒有多餘的生氣，他冷冷勾出微笑。

有那麼一秒鐘，安合整個人愣住了。

「不要在屋子裡鬧事。」凱倫的聲音從電腦後面傳出來。

悻悻然甩開虞夏的手，其實眞的有點嚇到的安合咕噥了幾句之後就離開窗邊。

沒有再搭理這幾個人，虞夏走出屋子，外面的天空有點陰，看起來像是要下雨，但是又下不下來的樣子。

隱隱約約地，他覺得要出事了。

過了一會兒，一個類似撕紙的聲音打斷了虞夏的思考，他轉過頭，看到茵茵拿了幾張不知道寫了什麼東西的紙張，一張一張撕成碎片。

「那是什麼東西？」他站得有段距離，看不太清楚上面寫了什麼。

「情書。」茵茵冷笑了下，把紙張撕得更碎了。

聽到她的回答，凱倫突然皺起眉，然後靠過去拿了張還未撕過的來看，「這是那個女生的東西？」

「我去她家拿的，本來還以爲有我們要的東西，沒想到都是情書。」安合啐了聲，劈手拿過那張紙揉成一團大垃圾。

「你們在說什麼？」虞夏看著他們，問道。

「沒啥，就是一個女的手上有大駱要的東西，不過她死不肯拿出來，打也沒有用，想說去她家翻看看也沒翻到啥……還差點被她家的人看到。」安合聳聳肩，說著：「反正茵茵有的是辦法對付她。」

笑了一聲，茵茵拿出打火機把那些紙屑全都燒成一團火，很快地就只剩下灰燼，整個桌面上被燒出了圓圓的黑色痕跡。

「如果她眞的沒有就算了，不要多添事情。」看著桌上的焦痕，凱倫壓低著嗓子反對其他兩個同伴的想法。

「那是大駱要的，而且不找回來大家都會完蛋。」安合瞪了同伴一眼，情緒一下子轉爲惡劣，「跟你沒關你當然沒感覺，少在這裡囉唆。」

「大駱要什麼？」待所有人把視線轉過來，虞夏再度開口：「既然我要待在這邊，我也可以去拿。」

「不用你幫忙。」茵茵開了口，淡淡地沒什麼特別情緒，「那傢伙是我的。」

看著他們似乎有什麼不敢直接明說的表情，虞夏暫時放棄了追問，幾乎是下意識地他瞥了一眼凱倫，無意間發現對方似乎也在留意自己，在視線交錯時他便轉開頭，又毫無表示地埋頭回到電腦上繼續玩著遊戲。

不打算繼續多說，茵茵一揮手，把整個桌面的灰燼打散得到處都是。

他不太明白凱倫這個人是怎樣，不過在這地方似乎只有他看起來格格不入，他不太像是這種孩子。

「你玩網路遊戲嗎？」凱倫瞥了虞夏一眼，突然打破了所有人製造出來的安靜。

「浪費時間。」虞夏是真心這樣覺得。

「可以調劑身心和放鬆心情。」勾起唇角，他並不在乎另外兩個同伴冷漠的表情，「有興趣我再給你遊戲和我的角色名字吧，說不定哪天你會想玩。」

虞夏聳聳肩，心想大概不會特地去玩。

不過虞因那小子好像會上網玩遊戲，希望那傢伙不要連小聿都帶壞了。

看著眼前這幾個小孩，他嘆了口氣。

大人們是犯了什麼錯，才會讓小孩不願意相信所有人？

□

「明天晚上七點到大學空地那邊，你就在附近看吧。」

何旺宏告訴剛吸收進來的小弟，後者也安靜地點點頭，這樣讓他挺滿意的，總覺得自己的身分好像在某方面提高了一樣，「不用緊張啦，只是要跟對面大學的那群人談事情而已，如果情況不對，大駱他們會處理，你只要在附近看就好了。」

斜眼看著旁邊的人，聿推了一下眼鏡。

注意到眼鏡後面那雙沒有什麼情緒波動的眼睛，何旺宏像是發現什麼稀奇的東西一樣：

「喔喔，你戴眼鏡我都沒有注意到，原來你也喜歡戴有色鏡片，前陣子茵茵他們也戴好玩的，有滿長一段時間了。茵茵就是我跟你講的其他人之一，是大駱的馬子，所以不要去惹她。」

偏頭看著何旺宏一下，聿拿出手機在螢幕上寫了字：「你們有很多人戴嗎？」

「喔，就前陣子茵茵啊、安合他們很喜歡玩這個，大駱給茵茵不少錢，有一段時間看到他們天天換色，現在就比較少了……」似乎想到什麼，何旺宏突然頓住，不再說下去，「總之，大概就是這樣吧，反正學校也沒有規定不能戴有色鏡片，很多學生也偷偷在戴，不過像你這樣戴鏡片又戴眼鏡的人還眞少見。」

聽到這些話，小聿微微出神了一下。

似乎沒有打算久待，把手上的菸抽完之後，來報訊完畢的何旺宏把菸蒂往樓下一丟，然後直起身，「那我要閃啦，記得今天晚上一定要來，不然大駱會找你麻煩。」

沒有點頭也沒有搖頭，聿靠在樓梯間眺望著外面的風景，那根香菸一下子就從他的視線中消失。

懶得再理他，何旺宏一邊哼著歌，一邊往樓下離開了。

就在人離開後不到幾秒鐘，從上一層樓梯走下了另一個人。

搖著手上的ＭＰ３，方苡薰半掛在轉角樓梯的欄杆上，「看來他們這次要跟大學那邊的人玩眞的了，大駱這個人談判一定都會動手，他才不是吃素的。」

抬起頭看著上面的方苡薰，小聿偏頭想了一下。

「那個叫茵茵的也一樣，上學期大駱爲了和人搶這裡的地盤，將很多人都打進醫院，如果不是那些人自己也都心虛不敢供出來，大駱現在應該已經被退學了，還讓他們在這邊囂張。」晃了一下身體，方苡薰坐上扶手直接滑了下來，然後在小聿旁邊落定，「先不說這個了，我這邊有新的消息，剛剛我那邊的人打電話來說已經把東西分析出來了。」

一聽見這些話，小聿立刻轉頭過去看她。

瞇起眼睛，方苡薰冷冷地開了口：「是一樣的，他們跟你家拿到的是一樣的東西。」

收緊了拳頭，很快地壓下驟起的情緒，聿閉了閉眼睛，然後從自己的口袋拿出另一樣東西遞上前去。

接過了用手帕包著的不明物體，方苡薰打開，只看見一截菸蒂躺在其中，然後她望著眼前的人，「你是不是也覺得這個東西……」

點點頭，小聿轉過去看著樓下。

從這邊可以看見正在上體育課的班級，學生們無憂無慮地打著籃球、排球。在這種年紀會思考的大多都只有功課不好回家會跟父母吵架、討厭的老師、被排擠的同班同學，以及零用錢太少而已，未走出家門的孩子不懂世界上還有更多事情。

而他們站在被家庭保護的邊緣。

正想再說點什麼的時候，方苡薰突然聽見腳步聲從下面傳來。

幾乎是同時轉過頭，兩個人看見一名婦人從下方的樓梯走上來，看到他們也同時露出有點訝異的神色：「唉呀，你們蹺課嗎？」

很快就認出這是在保健室的張阿姨，小聿才鬆懈下來。

「沒有啦，張阿姨，因爲他好像不太舒服，所以我來看看他需不需要幫忙。」露出可愛的微笑，根本就是在不同班的方苡薰哈哈地打混過去。

皺起眉，身爲保健室義工的張美寧走了過來，「不舒服怎麼不去保健室呢？剛剛我好像看到另一個男生在這邊啊，應該先過來的，你的手不是受傷了，有沒有去看醫生啊？搞不好是傷口感染了……過來保健室，我幫你重新包紮一下吧。」按著小聿的肩膀，她露出有點擔憂的神色。

「對啊對啊，我就說嘛，人不舒服就應該去保健室才對，所以阿聿你就先去休息吧，我等等回去跟你們老師說喔。」和小聿交換了眼色之後，方苡薰一邊笑著，一邊暫時脫身，快步離開了樓梯範圍。

知道她不能被懷疑，小聿迎上了張美寧疑惑的目光，然後抬了下自己的手。

那個叫虞因的人包紮技巧實在不算好，所以紗布有點凌亂，勉強用紗網先固定住了，但還是可以看出來包得七零八落。

「哇，怎麼會弄成這樣，快點來保健室，張阿姨幫你重新弄好。」一看到那種根本不行的包紮手法，張美寧連忙押著人往保健室的方向前進，「還有啊，阿姨也知道你們現在年輕人喜歡那種有色鏡片，可是不要常常都戴一樣的，也不要長時間戴著，這樣對眼睛很不好，有沒有聽懂？」

無言地看著正在碎碎唸的婦人，聿就這樣被她直直拖著走。

外面的天空很晦暗，似乎要下雨了。

「對了，你是不是常跟那群壞小孩混在一起啊？」沒有等到他反應過來，張美寧已逕自繼續往下說了：「帶你來保健室那一個看起來也混得很凶……你看起來明明不像壞小孩啊，眞是的……」

她的話越說越小聲，到後來是有點喃喃自語了，所以小聿也懶得繼續聽下去。

一點雨絲打下來，操場上的人開始散了。

□

放學後，虞因在高中的校門口等著約好要一起吃晚餐的人。

因爲高中對面就是大學，所以陸續下課走出校門的學生也見怪不怪地紛紛從他旁邊穿越，大多是成群結黨地開心聊著天，說著等等要去哪邊逛逛或吃點東西之類的閒聊。

看了一下手錶，他估計大概還要再等些時間。

不知道爲什麼，聿他們班總是比別人晚下課，他剛剛抓個路過的學生來問，聽說有時候老師還會在下課前考試，然後再講解考題，常常一講就很久，搞不好還要等上半個多小時。

「眞是……」靠在摩托車邊，虞因左右張望一下，想著要不要先去別的地方打發時間，不過又有點擔心自己一離開，他要等的人就走出校門，反而錯過了。

正磨蹭的時候，虞因突然感覺到有人拉了一下他的衣角。

反射性轉過頭正想問幹嘛的時候，他只看見自己的愛車靠在身邊，上面還被那輛死白車擦出刮痕，但是並沒有其他的人。

心想自己可能多疑了，不過在看到自己衣角上出現了明顯污黑的指頭痕跡後，虞因也不覺得自己是錯覺了。

他站直身，仔細檢查大門附近之後，果然讓他找到異狀，一個顯然不是這所高中的學生就站在不遠處，視線望著門口，像是也在等人。

虞因打量著對方身上的校服，是另一所高中，但是就他的印象，這所學校應該是在台中縣才對，而且離這裡也有不短的距離，這小鬼特地跑到這邊來幹嘛？

「欸，你找人嗎？」

冷不防被他喊了一下，那個學生差點沒跳起來，不過倒是沒有逃走，反而出乎虞因的意料迎了上來，「呃……學校不能找人嗎？」

看他大概把自己錯認爲校友還是老師，虞因挑起眉，「你找誰？有朋友應該約好吧？」

看他的樣子不太像是在等人，因爲他剛剛是很仔細地在注意每一個學生，他有感覺這小鬼應該是在找人而不是在等人。

被他這樣一問，那個學生開始有點慌張起來，似乎沒想到要怎樣應話，「那個……那個我只是來找我以前的同學……我想下課應該會看到……沒約……我只是想看一下他現在怎樣……」

虞因瞥了一眼湧出校門的學生群，「你這樣應該找不到吧，這個學校還有校車喔。」

表情有幾秒鐘呈現了空白，來自外校的男孩垂下肩膀，「喔。」

「有沒有啥特徵？搞不好我可以幫你找看看。」反正閒著也是閒著，虞因也正想找事情來打發時間。

男孩立刻抬起頭，臉上出現一絲興奮，「很好找，眞的，那個同學的眼睛是紫色的。」

有那麼一秒鐘，虞因感覺像是被雷打到一樣，接著他聽見了某種怪異的竊笑聲，在衣角又被拉了幾下之後，笑聲貼著他身後遠去。

那是小孩玩鬧的聲音，他曾經在大樓裡面聽過。

「……你同學該不會還有個討厭的怪姓吧？」他抱著一種僥倖的心情探問著。

「對，他的姓很怪。」男孩連點了好幾次頭，然後才疑惑地看著他，「你怎麼知道？你認識少荻聿嗎？」

虞因很想發出哀嚎，無奈地拍了自己的額頭：「你是他以前高中的朋友？」

「是啊，我以前跟他同班，那你是……？」看著眼前一開始自己以爲是學校職員的年輕人，男孩也抱持著疑問。

「喔，我應該算是他哥吧，姓虞，叫虞因。」講完之後虞因才發現不對，他記得大爸明明說小聿復學的消息全面封鎖了，「你爲什麼知道聿在這個學校！」話一出口，他也發現太過尖銳了，但是他急迫地想知道。

如果連一個學生都發現了，他怕明天這裡會全都是媒體。

「那個……我在網路上討論區跟人家聊過啦……後來有人說他最近在這邊也看過紫眼的學生，所以我想來碰碰運氣……也不知道爲什麼，反正就是蹺了下午的課來……」結結巴巴地回答，男孩小心翼翼地看著他。

「你該不會有上匿名網站吧？」虞因有種像是被人安排好的該死碰巧感，他感覺到冥冥之中好像有種看不到的力量在嘲笑他。

「你怎麼知道！」男孩馬上證實他被超自然力量嘲笑了。

原本想要請朋友幫他調查網路ＩＰ找人，虞因心想看來現在也不用了，人都自己送上門，他還有什麼好要求的呢，只不過不曉得是哪方好兄弟在搞鬼就是了。

看著眼前的男孩，虞因吁了長氣，「我看你現在還是快回家吧，如果你只是單純想關心你同學的生活，我建議你最好不要太常出入，以免引來新聞媒體或是別人不必要的關心，而且你們學校也太遠了，少跑來比較好。」

「呃，其實我也想說可能遇不到人。」男孩看著他，算是眞心地說著：「就……你也知道他家很慘啊，所以我來看一下他現在怎樣。」

看著男孩飄移的目光，虞因知道他有一半在說謊。

他記得匿名網站那張帖子裡面的內容，他也猜得到今天如果這小子看到小聿之後，絕對會再上那個網站發文，會到這裡除了好奇心和想知道內情之外，所謂的關心大概也所剩不多。

「那你可能眞的遇不到人了，我老爸剛剛才把他接走。」虞因隨便扯了個謊，只求小聿不要在這時突然冒出來破壞他的話，「我看你還是快回家吧，要是家裡人擔心就不好了。」

「喔……那我可以問他現在在你家生活得怎樣嗎？」抱持著一定要問出點什麼的心態，男孩不死心地問著。

「普通啊，會吃會睡，不然他以前在你們學校生活很糟嗎？」虞因把問號拋回給他。

搔搔頭，男孩停頓了幾秒，「也不是糟啦，少荻聿那個人有點怪怪的就是了，雖然他成績很好，可是他幾乎不太講話耶，很少跟同學出去玩，整個人陰森森的，不過我有陣子跟他比較好，放學常常一起走。」

「他以前就不太講話？」虞因沒想到原來他弟並不是滅門之後才變成這樣的，所有人都認爲他是在慘案後才變得完全無法說話，但是現在聽他以前同學所說，似乎並不是這麼回事。

「嗯，一天大概講不到幾句吧，不過老師和他說話時他都會回，就不太搭理同學，所以班上很多人沒跟他講過話。」打開了話匣子，男孩繼續說：「聽說他家裡很奇怪，我之前去過他家，他爸也很怪，死都不讓我進去，也不讓少荻聿出來，就把我趕走了。老師每次要家庭訪問也沒辦法，不知道是爲什麼。」

他這樣一說，虞因才想起之前他們去吃飯時，小聿有一瞬間出現的異狀。

所以是他家本身就有問題嗎？

在心中盤算著這些事情，虞因突然覺得自己可能要找時間了解一下他那個已經破碎的家，或許那會是讓他弟重新開口的一點契機。

看著校門口，學生幾乎已經走光了，只剩下零零落落幾個，男孩收回視線：「那好吧，虞大哥，我可以再見到少荻聿嗎？」

「嗯……可能還要一陣子吧。」這點虞因倒是沒有說謊。

男孩點點頭，「如果可以再打電話給我。」他遞上一張抄著手機號碼的紙條，再三交代一定要通知他才轉頭準備去搭公車。

「欸。」虞因喊住男孩，突然湧上一個自己都覺得奇怪的問句：「小聿以前的聲音是怎樣的？」

愣了下，男孩才回答他：「算是滿好聽的，班上女生都說很適合約他去好樂迪唱歌。」說完，他連忙跑去追一輛正好打開門的公車。

目送著外校的男孩和公車遠離視線後，虞因看著手上的紙條，然後收好。

過了不到一分鐘的時間，微弱的腳步聲停在他身後，紫色眼睛的主人偏頭看著他。

「喔，你終於放學了，我們去吃飯吧。」

他們選擇的是靠近住家附近的一家餐廳。

因為放學的時間偏晚，加上虞因又刻意往大樓那邊繞了一圈，什麼也沒發現之後才到了吃飯地點，所以到達時已是差不多七點多的時間。

那時吃飽的人群正好結帳走出來，裡面的客人也不多了。

認識的餐廳服務生幫他們排在比較角落的靠窗座位，正好有小屏風可以擋住其他人的目光。

盯著在餐點送上之後兀自吃飯的小聿，虞因在心中評估著剛剛遇到的那個外校學生，尋思著是否應該要進一步追問對方。

他在評估，是不是應該去聿他原本的家，雖然他不確定可以有什麼發現……

桌面上傳來輕輕的敲扣聲，打斷了虞因的思考，他才注意到他先前買的手機放在面前，上面已經輸入字體：「**你在想什麼？**」

被對方一問，虞因才低頭看到自己沒吃兩口的飯，和對方那邊已經上好的甜點。

「呃、一些事情。」感覺自己沒什麼胃口，虞因隨意扒了幾口菜飯，然後又再度抬頭，「我可以問你話嗎？」

小聿拿下眼鏡，偏頭看著他，然後緩緩點了下頭。

從背包裡面拿出兩張相片放在桌上，虞因就直接開口了：「相片上的那包香是不是你拿走的？」

盯著桌面上的照片，聿搖了搖頭。

因為他的反應太鎮定了，有一瞬間虞因自己也覺得幾乎應該不是他，但是他在先前已想了很久，也注意到其實自己已經不是能那麼肯定了，「我想起來，有一次只有我自己上樓去追二爸，那時候你人不舒服待在四樓，你眞的敢發誓你沒有再回去過嗎？」

與黎子泓他們見過面之後，他一直在反覆思考著自己是不是遺漏了什麼，於是他想起來他並沒有把握小聿都是和他在一起，接著想到了那天他家的鐵板跑上樓去追鬼時，小聿要他先追上去的事情，因為聿是稍後才跟上來的，他有時間可以去做這件事，而在那之後也不可能有其他人進入四樓，更別說只是拿一包香。

他在等，等小聿重新答覆這個問題。

時間一點一滴流逝著，在虞因幾乎要等到不耐煩的時候，小聿才從背包裡面拿出自己的筆記本，翻到空白的那一頁寫下字體：「**那又怎樣？**」

「你知不知道把東西從凶宅拿走的嚴重性！」看他依然沒有情緒起伏的表情，虞因不自覺地放大了聲音：「那可能是證物耶！」他至少也該有點反省的意思吧！

「**我有我的道理，這個東西對我來說也很重要，你不了解。**」快速地在筆記本上寫下凌亂的字體，小聿又抬起頭看他。

「你啥也不講誰了解啊，我只知道眞的是你把香給拿走了，黎大哥他們怕引起不必要的麻煩，私下來告訴我，你還一臉無所謂的樣子，如果這個東西眞的是和命案有關的證物，你到底曉不曉得事情會有多嚴重！」重重地拍了一下桌子，虞因非常不高興。他覺得自己被拒之於外，感覺自己當人家是兄弟，結果對方其實根本只把他當可有可無的寄住處而已。

如果小聿在乎他們，就不會不說了。

紫色的眼睛盯著他，咬著下唇，小聿猶豫了幾秒鐘，還是在筆記本上寫下了黑色的文字：「**我可以跟你說，它是證物沒有錯，但是我必須拿走。時間到了，我會跟你說，我保**

證。」

虞因冷笑了聲：「免了，既然不覺得我可以信任，你也乾脆什麼都不用講；現在香已經被你拿走，就算是證物也不能再用了。知道香是你拿走的，黎大哥那邊我會再去告訴他，請他幫忙看看能不能不要追究。」頓了一下，他站起身，開始覺得這裡窒息的空氣讓人感到厭煩，「我不知道你要搞什麼，聽說你之前在你本來的家和學校就是這樣，我也不曉得你在我家裝什麼好孩子，你從以前開始就是這樣嗎？」

愣愣地看著他，然後小聿在筆記本慢慢地寫下字：「**你查過我？**」

「我認識你一個同學，以前高中的，他知道你。」

「**你憑什麼去找他！**」重重的字跡差點將筆記本的紙給劃破，「**你那麼多事幹什麼？**」

「我以爲我算你哥！你不知道我和大爸、二爸都會擔心你，每個人都怕你因爲家裡的事而怎樣，結果原來你自己心裡不是這樣想！」忍住拍桌的衝動，虞因注意到附近正在吃飯的客人因爲騷動已經將視線頻頻投往他們這邊了，所以他按捺住想發飆的情緒，「現在我眞的覺得你有點恐怖耶，你到底在想什麼，我不懂。」

沒想到會被嫌多事，看著筆記本上的字，虞因有種自己之前的關心好像都太多餘的感覺。

緊緊握著手上的筆，小聿沒有繼續表達什麼。

看著他還是鎮定、幾乎無波的表情，虞因再度笑了聲，他本來還以爲話都說成這樣了，對方至少也會發個飆還是啥的，但還是沒有反應，看來自己有點像在演獨角戲。「算了，你大概也覺得我很莫名奇妙，反正我這個人就是多事又衝動還白癡，和你們這種天才不一樣，我不知道你拿香要幹嘛，現在我也不想知道了，隨便你。」

從皮包裡面抓出五百元鈔票，虞因想了一下又放回去，直接丟了張千元大鈔在桌上，「我要先回去了，隨便你要幹什麼，不要跑太遠，錢至少還夠你搭計程車回家。」

拿起外套和背包，任憑猛然襲來的怒氣驅使自己，虞因幾乎是甩頭直接就走。

不過在下樓走出店門、走到摩托車邊時，他的火氣也差不多快沒了，很快地他就意識到剛剛說的話有點過火了，大概是因爲小聿的態度刺傷了他——突然察覺到對方其實並不在意自己，也不怎樣在乎這像是扮家家酒的兄弟關係之後，他眞的感覺到心中有一角非常不舒服。

最早的時候，不就是他討厭有這個多冒出來的弟弟嗎？

何必那麼在意？

站在餐廳外，從這個角度往上看，虞因很輕易地就可以看見他們剛剛坐的那個靠窗的位子，連小聿還待在那裡的側影都看得清清楚楚。

不曉得是不是錯覺，他似乎看到小聿在微微發抖。

大概是被他吼了之後氣到在抖？

「可惡，當作給他一個教訓好了。」當作給他下次不要這麼亂來的警告也好。

這次眞的要下定決心不管他，虞因認爲要發狠一次才可以達到效果，或許之後小聿才會收斂點。

再度抬頭看的時候，不知道是不是因爲室內光影的關係，虞因看見了人形的黑影就在窗邊，完全遮去了他的視線，也遮掉聿的身影。

大概是服務生吧？

沒有多想，決定不管三七二十一的虞因發動了摩托車。

心情不好時，睡大頭覺是最好的選擇。

□

虞因的那一覺讓他睡到隔天早上十點多。

他一起床就知道自己和其他人錯過了，抓著背包到客廳時，他只看見已經冷掉的早餐放在桌上，整間屋子靜悄悄的，一個人也沒有。

其實很多時候他都是這樣過的，他總是會錯過家人，每個人的作息時間都不一樣，反正他也習慣了。

抓抓頭，虞因看了時間，今天早上的課看起來是蹺定了，只好下午再去上實習課，等等要算一下出席率才對，他還不想因爲曠太多課被當掉，二爸可是會殺人的。

正這麼想時，某種窸窸窣窣的聲音突然從他身後傳來。

回過頭，虞因什麼也沒有看到。

照往例來說，如果是怪事，應該會再有第二次聲音，不過他等了好一會兒，都沒有任何動靜，所以他直接將它當作自己的錯覺。

坐在客廳裡面，虞因想了一下昨天和聿吵架……好吧，根本就是他單方面在發飆的事情，實際上自己真的有點太衝了，應該冷靜問出原因才對，不過他實在是沒有把握今晚重問一次不會再度被對方無所謂的態度激怒。

想想，還是過兩天再說好了，昨天他才把人家罵成那樣，今天再問好像也滿尷尬的。

回過神打算先去學校時，虞因突然發現客廳的桌面上不知道什麼時候多了個信封，大概是剛剛在想事情才沒注意到。

信封是簡單的西式信封，很多小女生喜歡用的那種，他覺得有點像是二爸常常收到的那種信，不過上面沒有署名，也沒有封死。出於好奇心，他打開來看，裡面並沒有信件，只有一點點已經乾掉的泥土和幾根草，看不出個所以然。

大概又是惡作劇信件吧？

把東西放回去，虞因直接拿起背包出門了。

□

虞因到校時已是午餐時間。

「阿因，你的酒肉朋友有留言給你喔。」

虞因才剛踏進教室門口，那個礙眼的女人就拿著張紙條在他前面晃過去。

「幹嘛不打手機。」一把抽過那張紙條，虞因這才想起昨天晚上要悶頭大睡，怕又遇到亂七八糟的東西，所以乾脆把手機給關機了。

李臨玥勾起美麗的笑容，「如果你的手機打得通的話。」與他們認識久一點的都知道他們倆是老朋友，所以她偶爾也會當傳話筒，接著再去敲竹槓。

「好啦，謝謝了。」打開那張紙條，上面是阿方的字跡，內容大致上是他們今天晚上會過去跟對面的小孩談判，不過應該沒有問題，一太有多找些人在附近顧了，所以不用擔心，要是真有事情，他們也會聯絡他。

一看紙條，虞因就知道這是一太要阿方留的，因爲大家都知道他上面兩個爸爸是警察，所以刻意要他不要管太多。翻過另一面，有個淺淺淡淡的電話號碼，似乎是有人以鉛筆寫上之後再擦掉，但不是阿方的筆跡。

看完紙條之後，虞因在心中稍微盤算了一下。

「聽說今天你那些酒肉朋友殺氣都滿重的喔。」在旁邊的桌面上坐下來，像是在聊天，李臨玥用比較輕鬆的口氣這樣告訴他。

下課時間，整間教室都鬧哄哄的，根本沒有人聽到他們在說些什麼。

「一太要跟對面的人談判，妳和紙條上這個人聯絡看看，搞不好可以找到點啥東西。」將紙條丟回給她，虞因想既然一太會給他這支手機又不想被人注意到，自然有他的道理。

「喔，要記得請我吃飯喔。」收好紙條之後，李臨玥扭著腰拋給他一記飛吻，在對方閃過之後就笑著離開了。

看著她一走出教室立刻有男人迎上來，虞因吐了口氣。

就在他想著晚上要過去看看狀況時，一個奇異的聲響從他的桌面下傳來，還未來得及搞清楚狀況，桌面下就傳來喀的一聲，桌面直接裂成兩半。

在那一瞬間，虞因看見有半張白色的臉消失在下方。

眨眼即逝，根本來不及分辨身分，但是他可以肯定不是之前那個一直來找他的女生。

四周的人像是現在才發現桌子裂開，紛紛驚呼起來，部分同學還說學校偷工減料之類的話，比較熟的則是開始揶揄虞因太胖了，把桌面給壓垮。

一邊頂回去幾句，虞因一邊站起身。

桌子乾淨俐落地裂成兩半，完全沒有什麼壓壞還是被破壞的痕跡，就是那樣突然，完全沒有預警。

感覺有點不太對勁。

「下午幫我向老師請個假。」虞因站起身，一把提起背包就往外跑。

衝出教室之後，虞因不知道應該往哪邊去，也不曉得自己可以去找什麼東西，最後就站在圖書館前面。

因爲是下午，來往的學生很多，圖書館的玻璃外圍映滿了學生的身影。

不曉得爲什麼，虞因就是覺得這裡不對勁。

他知道那個一直在哭的女孩子就是大爸他們發現的屍體，也知道她就是失蹤的第四人。

但是她跟大學有什麼關係？

爲什麼會出現在這個地方？爲什麼會找上他？

映著學生身影的玻璃突然霧化，像是有蒸氣附在上面一樣，把人影都模糊掉了，來來往往的人影像是播放機突然被人轉慢了倍速，黑灰色的人影慢慢地拖著腳步走動。

虞因突然覺得整個背脊都冰冷了起來，明明是下午，明明是人多的學校，他卻突然聽不到剛剛還在的喧鬧聲，一股冰冷的寒意突然從他腳下竄起，像是被冰塊倒在身上一樣，讓人不由自主地打了個冷顫。

他現在才發現，玻璃上的人影幾乎都一樣大小。

沒有高矮、沒有胖瘦，就像古老的皮影戲，乾癟的人影幾乎貼在玻璃窗上慢慢地拖著身體在移動。

玻璃上映出的世界沒有色彩，是黑白的。

那不是他的學校，不是他應該看見的世界。

有那麼一秒鐘，虞因眞的很想拔腿逃走，但是他連一步都走不動了。過去，他目睹怪東西時從未見過這種景色，直覺告訴他這不是人應該進入的地方。

那世界漫出灰色冰冷的霧氣，幾乎要淹到他的腳邊。

然後他看見了，那個失去半顆頭的女孩子就站在自己身後，手腳扭曲凹折，黑色的長髮打結，整個散亂在她身後。

女孩慢慢地抬起手，指著圖書館的方向。

「你在幹什麼！」

猛然一個喝聲，原本已經半失神的虞因嚇了一大跳，一回過神來，他發現眼前的玻璃已經恢復正常，倒映的全都是普通學生的身影，再也沒有奇怪的東西。

回過頭，他看見的是那個不應該出現在這個校區的人。

「唉呦，你不是阿聿他哥嗎。」夾著本書的方苡薰就站在他後面，一臉訝異地看著他：「沒想到大學生這麼閒喔，可以自己到處走來走去。」

鬆了一口氣，虞因才發現自己身上已經出了不少冷汗，整個人也緊繃到手腳都在發痛，「妳跑來大學幹嘛？撈過界啊。」

「來還書囉，跟圖書館借的，快要過期了，趁中午跑來還。」看了眼夾在手邊的書，方苡薰挑起眉，「我剛剛叫了你好幾聲喔，沒想到你還有站著睡覺的習慣啊。」

「懶得跟妳多說。」

握了握手心，虞因還可以感覺到剛剛那種詭異的冰冷氣息，如果方苡薰沒有出聲叫他，剛剛他會看到什麼東西？還有那個奇怪的景色是……？

「嘖嘖，人就是要多看書才會變得比較聰明，只是站在圖書館前腦袋也不會變得比較好。」聳聳肩，方苡薰逕自往前拉開圖書館的門。

突然想到什麼，虞因一把拉住她，「等等，為什麼妳可以在我們學校借書？」沒弄錯的話，她應該是高中部的吧？

「你不知道喔？你們學校可以讓校外人士借書啊，辦個證就行了，而且我們學校跟你們學校有關係的，拿學生證就可以過來借書啊……看你問這種問題，就知道你這個人沒有文化到連自己學校的圖書館狀況都不清楚。」拍開對方的手，方苡薰不太客氣地這樣回他。

被她這樣一說，虞因才想起來的確有這回事。

外借並不奇怪，很多學校也都有這樣的辦法，更別說這大學和對面高中其實都是同一個老闆，兩所學校絕對可以通用的。

所以她想告訴他的是什麼？

「虞同學，眞巧——」

就在虞因彷彿抓到什麼時，再度有人喊住他，一閃而逝的想法就這樣消失在他腦袋的黑洞裡面了。

「不跟你玩了，我先走了，掰。」揮揮手，方苡薰也不管對方，就自己走進圖書館了。

來不及回應，虞因嘆了口氣，轉頭正好迎上另外那個喚住他的人。

對面的保健室阿姨。

「張阿姨。」點了一下頭，虞因對於會在這邊看到她感覺更訝異，「妳也是來借書的？」今天還真巧啊。

搖了搖頭，婦人溫和地笑了笑，「不是，是幫我們那邊的老師拿書過來還的。他學生在課堂上偷看書，被沒收的，所以我幫忙跑個腿把書送過來還。」

虞因看了一眼，她手上的確夾著兩本書，不過覆有袋子，所以看不出是什麼書。

「現在的學生都沒啥責任感，書被沒收也不當一回事，拖久了也不好，還是得靠我們拿來還。」隨口抱怨了幾句，張美寧向他點了下頭，「有空再來我家喝茶啊，下次見。」

「再見。」

□

那天的時間其實過得很快。

虞夏只是稍微打一下盹，被叫醒時已是六點多了。凱倫叫醒他以後，就開始收拾自己的筆電，然後收入電腦包。

「時間差不多了，你ＯＫ吧？」

虞夏甩甩頭，向他比了個沒問題的手勢後，就直接站起來。

整個房子裡面就剩他們兩個，茵茵稍早前接到電話就跑得不見人影，其他人離開後一直沒有進來，屋子裡面安安靜靜的，幾乎沒有什麼聲響。

凱倫看了他一眼，「等等如果發現事情不對，也別硬跟他們對槓。」

冷哼了一聲，虞夏露出不以爲然的表情。

凱倫也不在意他的態度，將電腦包拉鍊拉好之後，直接領著他往約定的地點走。

因爲已屆傍晚時分，黑夜與黃昏的交接瞬間即逝，天空暗得非常快，沒一會兒就已經整片都變成黑色，只剩下些微星星還在閃爍著。

在大學後面有一大片私人土地，用鐵絲網圍著，平常幾乎沒有人出入，所以雜草叢生，偶爾會見到不知道是誰家的牛趴在那邊，除此之外就是一大堆蚊蟲之類的東西。

這種地方，連學生都不想多逗留。

走在前面的凱倫拋了罐防蚊液給他。

五分鐘後，虞夏終於看見了那個叫大駱的人。

就外表推測應該是十七、八歲的年紀，或許還大上一、兩歲，感覺很陰沉，左邊的疤痕與陰險的目光讓虞夏猜測這個小孩的背景可能相當複雜。

雖然他不是少年隊的，但是也看過很多類似的孩子。

通常第一印象就是……快沒救了。

在虞夏打量對方的同時，大駱也正在盯著眼前新加入的陌生人，旁邊的何旺宏立刻迎了上來，「阿夏，這就是我們老大。」

虞夏看著對方，冷笑了聲，「拿點本事出來看看吧。」

旁邊的凱倫立刻暗暗地拐了他一下，不過虞夏並不怎麼在意，反正他對於這類人早麻痺了，而且平時遇到的還是加大年紀版的，才不會害怕。

大駱盯著他，目光變得有點陰惻，「很快你就知道了。」

按住虞夏的肩膀，凱倫左右看了會，「我們好像來得太早了，大學這邊的人搞不好真的要到七點才會來……大學生很喜歡遲到。話說回來，茵茵跟安合人呢？」

他左看右看，只有看到他們四個，還有附近一些平常在幫大駱跑腿的角色。

「茵茵去處理那個女的了，晚一點會過來，安合跟另外一幫人躲在附近。」何旺宏說。

「戴眼鏡那個呢？」冷不防問了這一句，大駱看著辦事的人。

「呃……」心虛地看了虞夏一眼，何旺宏吞了一下口水，「我叫他躲在附近看，反正他也沒有動手的份，不過有跟他講好在哪裡碰面，要是等等沒看到人他就該死了。」

因為他那一眼，虞夏馬上察覺出不對勁，「你們在說誰！」一把掐住何旺宏的背頸，他完全不客氣地衝口就問。

「呃……你等等就知道了。」有點尷尬，不過何旺宏還是甩開他的手，「媽的，別那麼囉唆！」

看了他們幾眼，凱倫露出疑惑的表情，「大駱，你還找了誰？」

「閉嘴。」

冷冷地出聲之後，大駱看著從外面走進來的另一群人。

對方大概有十幾個人，一整群移動著到他們面前來，清一色全都是男生，虞夏一看就知道這些是大學生了，和高中生比起來，他們似乎佔得優勢更大。

站在最前面的是一個看起來普普通通，但是掛著單邊耳環的大男孩，服裝打扮上算整齊，也沒有染髮什麼的，勉強要找個字句形容就是乾淨清爽，乍看之下還會以爲他是普通學生。

大學區的頭？

本來以爲會看到亂七八糟的人，虞夏倒是有點意外，他幾次聽阿因提起學校的人事物，但是沒有想到會是這樣的傢伙。

他還以爲會看到跟大駱差不多的東西。

「一太，就是這群小鬼老是找我們麻煩。」站在他旁邊的高大男生這樣說著。

大駱瞇起眼睛，顯然也爲眼前這人感到意外，「沒想到大學那邊的就這點娘娘腔的樣子啊。」

不在意他的話，蠻清爽的大學生左右張望了一下，然後勾起微笑，「我記得我們只是要談談你們越界的事，你沒必要叫一堆人來當打手吧，這樣我會覺得你今天不是要來談，是要來輸贏的。」

「幹，我們就是來輸贏的！」何旺宏直接朝對方這樣吼了。

森森地看了眼那群大學生，大駱點燃了香菸。黑夜中，那紅色的火光特別耀眼。「帶了十五個，你們也是準備輸贏吧。」

環起手，被稱爲一太的學生對旁邊的人使了個眼色，才把視線轉回來，「不，我帶的人沒有你那麼多，大部分是自己跟來的，聽說你把毛狗打成重傷住院，又圍了好幾個毛狗的人，你教我朋友放心讓我自己來嗎？」

聽他講話，虞夏皺起眉。

這個小孩應該唸過書才對，修養也不太像是會來混這種事情的人……阿因怎麼都認識這種奇怪到亂七八糟的朋友？

不過他知道對方說得沒錯，扣掉在空地外圍那幾個大駱帶來的人之外，虞夏可以看見附近到處都是大駱的人手，粗略算起來就比眼前大學生的人數還要多。

這個叫大駱的小鬼怎麼弄到這麼多人？

「我今天的確是來談判的，叫你的人看清楚界線，賣東西不要越界，我的地盤不要有髒東西過來，其他我就睜隻眼閉隻眼。」依然微笑著，但是一太的聲音已經開始變得冰冷了。

然後，大駱笑了。

「作夢。」他彈掉手上的菸，任由菸蒂落在草叢中，「大學這塊，我的了。」

就在一太皺起眉的同時，四周冒出了爲數不少的高中生，但是仔細一看，虞夏在其中看見不是高中生的人。

外校的，而且還混雜著成年人。

這些人幾乎都是有備而來，不少人手上都執著木棒、球棒，有的還就地撿了磚頭石塊，看來他們一開始就不打算跟對方談了。

「大駱，你這樣太過分了吧。」凱倫盯著那些成年人，發出了不贊同的聲音。

「閉嘴。」瞪了他一眼，大駱把注意力放回逐漸被包圍起來的那十多個大學生身上，「放心，毛狗在醫院等你們了。」

那句話就像是一聲令下，挾著武器的人就往大學生群那邊撲過去。

很快地，虞夏理解了爲什麼那個看起來很清爽的大學生可以當頭了。

帶來的人都滿會打架的，但是叫作一太的那個學生更會打，看起來直接槓上大駱帶來的外校成年人士都不見得會輸。

站在旁邊的何旺宏推了他一把，「阿夏，快去表現看看！」

看了他一眼，虞夏稍稍思忖著要怎樣動手才不會露出破綻。

「拿去。」塞了個冰冷的東西到他手上，顯然開始興奮起來的何旺宏催促著他，「幹掉那個當頭的，你就可以加入我們了。」

張開手掌，虞夏看到的是把蝴蝶刀。

整個空地立刻混戰了起來。

「去給他好看！」

□

他只是一個旁觀者。

「狗咬狗。」站在旁邊的方苡薰看著一群人打起來的空地，冷漠地給了批評。

沒有同意或是反對，站在高處看著無意義的打鬥，少荻聿絲毫沒有任何評語或感覺。

「妳專程叫我來這種都是蚊子的地方是要看學生鬥毆嗎？」在他們兩個人旁邊還有一個高大的男子，似笑非笑地這樣問著方苡薰。

「唉呦，當然不是啊。」抬起頭，方苡薰露出了可愛的笑容，「表哥，我是想反正你也要來找我們咩，所以大家一邊說話一邊看戲也不錯啊。」

看著眼前的男孩跟女孩，被叫來看戲的滕祈露出一臉不敢恭維的神色，「我認爲妳還是約我在餐廳裡面試圖吃垮我比較划算。」拍了拍落在西裝上的飛蟲，他這樣說著，然後轉向站在旁邊的小聿：「不過我還眞意外，沒想到少荻家的人看到我們還這麼冷靜。」

冷冷看著眼前的人，小聿之前並未直接與這個人正面相對，僅在事件中聽過對方，他沒什麼表示，甚至不特別想與他交談。

不需要，現在還沒有必要。

「所以你急著找我們有什麼事嗎？」環著手，方苡薰看著主動來找他們的親戚，「是我們拜託的事情有下文了？」

滕祈點點頭，「而且我要你們兩個小的馬上抽手，接下來是大人的工作。」

「喂！沒有這樣的吧，之前我和阿聿到處去找那種香的下落，好不容易在學校附近找到可能有的人，現在要我們不要管，門都沒有。」方苡薰搧搧手，表示完全不可能的意思。

「香跟香菸我都透過關係請人幫我追下去了，那兩樣玩意在前一陣子都有人用過，特

別是少荻聿你應該有接觸過。」停了一下，滕祈試圖觀察眼前的男孩，但是卻看不出什麼，

「你記不記得虞警官曾經抄掉的那個電子遊樂場？」

瞇起眼睛，聿疑惑地看著他，然後在手上的筆記本寫下了字：「前陣子……他們姦殺了一個女生的那家？」

聿當然記得，他和虞因一起找到屍體，還遇到山貓的那件事。

接著他立刻想起來了，虞因曾提過那家的冷氣有放料，會讓人在不知不覺間上癮，然後頻頻上門，其實不少店都會用這種手段。

看見聿細微變化的表情，滕祈大概也知道他想到些什麼，「那家遊樂場曾經進過類似的貨跟香菸，不過沒有香，他們在冷氣中有加料，成分類似你們正在查的東西。」

「那我們就去查那個遊樂場的老闆啊——」方苡薰不耐煩地開口。

「所以才叫你們不要插手，他兒子和虞因有過節，現在還躺在醫院沒有恢復意識，你們只要一動，人家就會發現不對勁，這方面讓大人來處理就行了。」按住自家的表妹，滕祈這樣告訴她：「和王鴻不一樣，那小子只是經營不入流的遊樂場，但是他父親可不是這樣，你們要是眞的進去肯定會沒命，所以不要再插手了。」

「我不管，除了阿聿的家還有很多人都拿過這種香，你媽媽就是因爲這種香才會被阿聿的爸爸殺死，我也永遠都看不到她了，到底還有多少人要像我們一樣！」顫抖著聲音，方苡薰握緊了手掌，憤怒的言語從她的嘴裡流溢出來，「好不容易查到學校裡面大駱的人馬在賣香菸，我學姊想幫我，想混進去，現在卻惹上麻煩，我和少荻聿花了很多時間到處去問人，你回國之後也一直想查這件事情，那爲什麼要我們抽手？我承諾我不去找電子遊樂場的那些傢伙，但是最起碼你一定得告訴我所有的事。」

看著激動起來的女孩，滕祈嘆了一口氣，摸摸她的頭，然後轉過去看著往後退了一步的小聿，「你聽見了？」

不敢置信地瞪大眼睛，小聿望著眼前有著藍眼睛的人，然後顫抖地在筆記本上寫下字：「你是被我爸殺的那一家人……的小孩？」

他從未看過這個人，一直以爲那一天死的是父親朋友全家人，而且他曾經偷偷多次翻過警方檔案，那一家人並不姓滕。

滕祈淡淡地笑了聲：「不是，但是那的確是我母親，我母親改嫁，所以我就隨收養我的親戚出國了，直到先前才回來這裡接管一些業務。」

「阿姨家，也就是我媽媽家姓滕，不過她再婚之後隨夫姓，變成了林滕芸。」方苡薰忍下了心中的怒意，緩緩地說：「我最喜歡我阿姨，她跟我媽媽相當親密，但是她卻被殺了。滕家和少荻家在很久以前是好朋友，現在卻變成仇人，你爸爸根本不懂以前的事情，所以才會去用那個香害死那麼多人。」

看著眼前兩個滕家人，小聿搖搖頭，慢慢地在本子上寫下了字。

「他從未當我是他們家的人。」

讀著端正的字體，滕祈疑惑地看著他：「……看你的眼睛你應該是標準的少荻家血統，為什麼會這樣說？」

「我也不曉得。」

盯著眼前的男孩看，滕祈明白也問不出什麼，何況對方似乎不想再多說了，於是便不再追問。

空地上的吵雜聲再度吸引了他們的注意力。

「我看打電話報個警好了，這樣打下去會出人命的。」看著那些在空地裡的小孩抄出了刀子石頭，滕祈撥了通電話，一邊有點奇怪怎麼高中生那一群裡好像有個人滿眼熟的，但是他應該不認識什麼高中生啊，可能是長相相似的人。

今天晚上的目的差不多達成了，小聿冷眼看著叫他過來的何旺宏，他和其他大駱的人一樣，帶著興奮、愉快的表情圍打一個只比他們大了幾歲的大學生。

打得眼紅的人在叫囂。

他看見何旺宏塞了刀子給虞夏。

凱倫擋住他。

「阿旺，不要太過分了，你忘記之前那件事情之後，少年隊現在抓你們抓很緊嗎？」睨眼看著大駱兩人，他這樣說道。

「啥，那又不關我們的事。」何旺宏的臉色整個不太對勁，然後他退出了打人的區域，點燃了香菸猛抽，這樣可以讓他的情緒保持在最高點。

「什麼事情？」來回看著他們幾個人，虞夏開口詢問。

「跟你沒關係。」大駱推了他一把：「讓我看看你有什麼本事。」

握著手中冰冷的蝴蝶刀，其實現在的狀況也沒有給他們太多選擇，一太的人手踢開幾個丟石頭的小鬼後，就往他們這邊衝過來，直接將他們衝散，很顯然對方也是準備先抓住大駱再說。混亂中，他看見不知道從哪邊竄出來的安合和幾個男人拿著棍棒往一太的身上砸。

觀察了一下，他注意到大駱他們被打到有點距離的地方，於是他將蝴蝶刀塞進口袋，然後往前一把抓住安合的肩膀。

原本反射性要把棍子往他頭上敲的安合一看到來人就停下來：「嗤，交給你了。」

「走開。」虞夏抓住他的棍子，直接把棍子抽過來，然後將人推開，「去對付別人。」

大概可以猜到這是大駱派的，安合也懶得多講，吆喝一聲，好幾個人就轉頭隨他去圍打附近另一個大學生了。

同時注意到出現了另一個人，一太拽住旁邊的男人往他脖子送了一拳，在對方翻了白眼之後就把人給踹開，正眼看到虞夏時他也詫異了。

「你——」

「不好意思了。」虞夏甩著手上的棍子，挑了個比較不會傷人的地方，持著棍子從左側往他的手臂敲過去。

動作並沒有比他慢，一太立刻轉身抓住那根棍子，同時聲音也壓到兩個人能聽見的最低音量，「你不是阿因的哪個爸爸嗎？」

「咦！」沒想到對方竟然認識他，虞夏露出很詫異的表情。

「我看過你在踢阿因，阿因說你是他爸。」

被他這樣一說，虞夏想起他的確做過幾次在學生面前踢他兒子的事，但是他不確定有沒有見過眼前這個人。

應該說，他在踢阿因時才不會去注意附近有誰在看。

「不過我記得他兩個爸爸都是警──」驀然頓住，一太露出一種了然的神色。

沒想到會在這種地方漏餡，虞夏看了一下旁邊，大駱的人大概存心要看他的表現，所以沒有人過來幫忙，周圍都是打手，反而不會注意到他們在說什麼。

「阿方！叫其他人回去！」一太鬆開棍子，向已經被逼到另一邊的同伴大喊。

「打不過就想逃走嗎！」聽見喊聲之後，安合那邊的幾個人又湧上來，把兩個人團團包圍住，「阿夏，快點動手！」

猛然往前一竄，一太直接抓住安合的臉，然後收緊手掌：「我原本想說對高中生不要下重手，看來你們眞的是不知死活。」語畢，他看了虞夏一眼，接著弓腳、膝蓋直接往安合的腹部撞去，接著鬆開手，任由那個人抱著肚子倒在地上哀嚎，連看也不看一眼。他拽住另外一個人，就往對方喉嚨處也送上一拳。

看他的動作，虞夏也知道他打的地方都是沒拿捏好就會讓人受重傷的部位，有時候他在對付一些棘手的犯人時也會這樣。

快速擊倒四周幾個人之後，抓準了機會，一太直接拽住虞夏的領子，「你不用客氣，看在阿因的面子上，我可以栽一次。」

「那可眞是謝啦！」虞夏反拉住一太的手腕，直接猛力撞上他的額頭，「下次要是打起來我會讓你。」

四周的人突然停止動作，那些被大駱找來的外校人士，那些像是著魔一樣的高中生全都在等著看他們怎麼做。

紅色的血珠從一太的額頭上冒出。

他輕輕抹去血痕，然後勾起微笑，「你很有種。」

「彼此彼此。」其實對眼前的男孩有點佩服，但當然不能表現得太明顯，虞夏哼了聲，「快回去吧，你們打不過大駱的。」

他看見大駱從另一邊朝他們走來，四周的人紛紛讓開，最後他就停在兩人旁邊。

「先撈過界的是你們，你以爲大學的人只有我們這些嗎？」看著大駱，一太危險地瞇起眼，「要讓你跟毛狗作伴也行，不過看在這個新人可以碰傷我的份上，今天先讓你們一次。」

「現在快滾，今天是你們撿到了，再繼續打下去，我看你們棺材都可以準備好了。」在大駱之前先開口，凱倫嗆了過去。

那個叫阿方的人站在原地發出不爽的喊聲：「一太，這幾個小鬼根本打不過我們啊！」

舉起手制止同伴的發言，一太向他使了個眼神之後將注意力轉回大駱身上：「我還是勸你不要賣你手上的髒東西，我不管高中區的，但是你們的人只要動大學區的學生，我們就不會讓你們好過。」

用危險的目光瞪著眼前的人，大駱說：「……你們就不要有人落單，晚上出門小心點。」

「你也是。」輕鬆地回答了對方，似乎不怎麼搭理他威脅的一太冷笑了聲：「應該不只有討債的人在找你們吧。」

「你知道什麼？」聽見對方這樣說之後，大駱的臉色突然變得更陰沉了。

「可以算是把柄的東西吧。」

「你——」

似乎正要發難，一陣巨大的聲響卻先打斷了大駱的聲音。

刺眼的遠燈白光猛地亮了起來，沒有意料到會突然殺出陌生的車輛，幾個靠鐵絲網比較近的人紛紛吃痛地閉上眼睛、本能地往後跳開一大步。

一輛白色轎車撞破了鐵絲網，衝了進來，被扯破的鐵製物發出像是怪物般的吼聲。

駕駛人並沒有踩煞車。

□

「阿方！快點閃開！」

在約定的時間之後，只是稍微來遲的虞因看見的就是這樣的畫面，白色的小轎車衝入空地，原本圍著的鐵絲網被它撞開、扯破巨大的洞，幾個走避不及的學生被鐵絲網撞倒在地上，被破壞的鐵絲網捲起或者破碎地絞入他們的身上，瞬間哀嚎聲此起彼落。

聽見喊叫聲，原本也因爲強光刺痛摀著臉的阿方往後跳開一大步，但是很快地他就聽到在他身後傳來了一個碰撞的聲響，以及某種奇異的悶哼聲。

溫熱的液體潑濺在他臉上。

「快躲開！」拋下安全帽之後，虞因連忙衝進一片混亂中，拉開了滿臉是血、整個錯愕的友人。

那輛白車的駕駛似乎不打算停下來，也不在意自己撞到什麼東西，像是要置所有人於死地一樣，居然又直接加速衝上來。看到事情不對勁之後，還站著的人開始往空地外面逃走，拋下了倒在地上的人不管。

「一太！快閃！」從震驚中回過神，阿方第一個想到的是另一個朋友。

虞因看見白色轎車像是和另一夥人有什麼深仇大恨似地，不但不踩煞車，反而還持續加速直接往前衝撞。

比較後面的一太拽住了兩人往旁邊撲倒，腦袋上有條疤的傢伙也向另一邊倒去，讓那輛發瘋的轎車直接越過他們，然後衝撞上另一邊的鐵絲網，帶著巨響就這樣逃逸無蹤。

在白車離開後不到幾秒，警笛聲隨即也從另一邊傳來。

「大駱，你快走！」從地上爬起來的凱倫揮開了一太的幫忙，跑向自己的同伴，將人從地上拉起來。

「啊！你不就是那天在街上的傢伙嘛！」有人認出虞因，連忙對著大駱大呼小叫，「我們在追那個女的時候，就是這傢伙擋的！」

「幹！」狠瞪了虞因一眼，大駱散發出極度不善的氣息：「原來你們是一道的！給我小心點！」

「快走！警察來了！」凱倫連忙抓著大駱，在警車接近前讓自己那邊的人快速撤走。

晚了幾秒鐘之後，一太也從雜草中起了身，「你也快點走吧。」在虞因注意到之前，他看了一眼被撲到旁邊的虞夏，「如果你是要查大駱那票人，就不要被阿因看到。」

「欠你一次。」轉到虞因看不到臉的另一面，虞夏很認眞地道了謝。

「不用，你把大駱查掉後對我們也有好處。」站直身，一太讓虞夏在自己後面離開了。

晚了兩步，虞因靠上來時只看到一個似乎有點熟悉的背影消失在鐵絲網的另一邊，「沒事吧？」

「你報警了？」看著虞因，一太發出自己的疑問句。

「不是我。」虞因也奇怪爲什麼會有警車，好像知道這邊有人在鬥毆一樣。

一太點點頭，看著外面停下的警車，從裡面出來的員警數量不像平常巡邏的人數：「有人捅了我們。阿方，我們這邊的人有幾個沒跑掉？」

「就、就剩下我們兩個……」聲音有點顫抖，阿方往後退了一步，在警車停下之後，光源將空地照亮的同時，也照出了剛剛白色轎車撞上的某樣東西。

紅色的血染紅了地面。

剛剛還在叫囂的安合，以一種詭異的不自然扭曲姿勢躺在地上，被撞凹的臉上還遺留著驚恐錯愕的表情。

暗紅色的血從他被撕裂開的脖子不斷湧出，斷裂的鐵絲纏繞在他的脖子上，切斷了頸子、撞斷了骨頭，他只剩一點點的皮將頭與身體相連，只要再有人一動，那顆破碎的頭顱似乎就會整個掉下來了。

即使膽大如阿方，也控制不住自己吐了出來。

「那台車是衝著大駱他們的人過來的。」看著地上幾乎是當場死亡的安合，一太的臉色也不是很好看，他知道是因爲剛剛自己揍倒安合讓他爬不起來，所以這個人才沒能閃過車子：「阿因，我跟阿方這幾天大概會被警察扣住，你叫其他人不要輕舉妄動，暫時先讓大駱他們囂張一陣子沒有關係，後續我會處理。」

「這樣好嗎？」看著一太，這下子反而是虞因擔心了。他當然知道接下來會怎樣發展，鬥毆毆到出人命了，警方那邊一定會向兩邊人馬逼問出所有有參與的人，加上大學這邊的人幾乎都成年了，絕對不會輕易解決。

「沒關係，如果我不想講的話，他們也問不出來的。」冷眼看著地上其他在哀嚎打滾的人，一太這樣告訴他：「你自己要多注意一點，大駱記住你的樣子了，可能會找你麻煩。」

「這倒沒什麼……」虞因搔搔臉，反正就算不被記住，他還是常常莫名地被人找麻煩。點了頭，一太和阿方沉默了。

據報而來的員警很快就將現場所有人都扣押，接著因為有大量因鐵絲受傷的人，所以不用多久時間，警笛聲與救護車的聲音響徹了整個天空。

夜晚的騷動引起了附近居民的圍觀，原本無人的地區一下子外面都圍滿了好事的人們。空地四周被拉起封鎖線，禁止任何人進出。

那一晚，極度不平靜。

□

「呦，被圍毆的同學，你這次該不會是被群毆吧？」

一下車後，被通知過來加上自己想湊熱鬧的嚴司馬上就在關係者中看到熟面孔，也接收到熟面孔的白眼。

「我只是路過，聽到認識的人在傳消息，所以才來看一下。」因爲員警裡面有虞因認識的人，所以沒有直接被扣押，稍微鬆了口氣，然後也看到玖深從另一輛車跳下來，「是輛白車，我到的時候剛好看到它衝進來，撞死了地上那個高中生。」

「車號跟車型記得嗎？」玖深拿出了紙筆。

「呃……基本上我可以告訴你那輛車在哪裡，剛剛我已經向其他大哥說過了，我們學校另一邊有個住宅區，在那一、兩條巷子裡面應該可以找到車主，順便投訴就是那輛車差點撞到我，車牌我都還記得。」其實虞因第一眼就認出白車，順便也報了車牌號碼。

「ＯＫ，等等我們過去確認。」草記好之後，玖深快步跑去和其他人一起做了現場初步勘驗。

傷勢比較嚴重的人都已經先讓救護車載走了，還有兩、三個在現場包紮、順便問口供，在虞因表示認識阿方和一太之後，一名員警就先帶著那兩人回警局慢慢問話。

時間已是深夜。

因為現場很多外人，不方便像平常一樣混進去，虞因退出了線外，待在隔離區域等著裡面的人做完初步工作。

沒有多久，像是嗅到蜂蜜的螞蟻一樣，媒體的新聞車也快速地趕來這個地方，頓時閃光再度照亮了這片區域。

「被圍毆的同學，過來一下。」蹲在屍體旁邊的嚴司突然低聲喊了他，還勾了勾手指。

虞因有點疑惑，不過還是硬著頭皮走過去。

「你看這個。」在他蹲到自己旁邊後，嚴司翻開了屍體的褲管。

虞因看見的是，在已經成了屍體的高中生雙腳上出現了瘀痕，像是有人惡意抓住他的腳，瘀痕非常嚴重，重到幾乎出血。

「這是死前受傷的痕跡，但是絕對是在你們鬥毆時發生的，這是立即成型的新傷。」看了虞因一眼，嚴司開始覺得有趣了，「你說剛剛那輛車來得很猛，但是大多人都躲開了，這傢伙被車撞時他前面的人呢？」

在他之前……

虞因想起來，在這高中生之前的是阿方，但是就連眼睛被刺痛而睜不開的阿方都躲過了，那爲什麼還在阿方後面的這個人會沒躲開？

雖然說他被一太揍了，但是眞的面臨生命危險時應該連滾都可以滾開才對，一太下手很有節制，不可能將他打到失去意識。

還是他躲不開？

思及這個可能性的同時，虞因突然覺得背後整個發毛起來。

不是因爲這個想法，而是他突然感覺到一個冰冷的視線從他側邊傳來，夾帶著會讓人呼吸凍結的絕對零度，讓他不得不轉過頭。

在封鎖線中，一張白色的臉孔消失在鐵絲網後。

那張臉在笑，慘白到反青的臉上看不清五官，但嘴角卻帶著嘲諷的上揚，冷冰冰地格外清晰。

消失的那一瞬間，虞因看見白臉之下有雙手，拽著頭髮，頭髮連結著已經變成屍體的高中生頭顱，就這樣沉沒在黑色當中，再也看不見了。

「被圍毆的同學，你想到什麼嗎？」嚴司打斷他的錯愕，也隨著他轉移視線。

「暫時不知道。」虞因站起身，走到另一邊，在剛剛人影消失的地方繞了一圈，卻什麼也沒看到。

不曉得爲什麼，他總覺得那張臉有點眼熟，但是又非常陌生，而且剛剛所見相當模糊，他根本不能肯定自己到底有沒有看清楚對方的樣子。

「今天小聿沒有跟你一起來喔？」左右看了一下，嚴司才疑惑怎麼沒有見到那個跟班。

「中午有接到簡訊，他說他有晚自習，下課後會跟同學一起搭車回家，所以我就沒有過去載他了。」漫不經心地這樣回答著，並沒有特別擔心的虞因走了回來，正好迎上了也過來的玖深。

避開了想發問的媒體，玖深盡量不去看屍體，然後壓低了聲音：「你說的那輛白車有同仁找到了，就在附近住戶那邊，車上也還有鐵絲網、刮傷痕跡和血跡。」

「啊，我跟你一起過去確定。」和嚴司打了一下招呼後，虞因接過認識員警遞來的帽子壓在頭上，盡量不被拍到面孔，然後在其他人的掩飾下，和玖深悄悄地從另一邊離開現場。

其實那條街並不遠。

應該說，也是在大學校區旁邊而已。

虞因很快地被領到一台差不多要撞爛的白車前面，整台車身全都是刮痕，連玻璃都快破了，撞過人的車前凹了個洞，上面還有糾結的鐵絲和怵目驚心的斑駁血跡。

「看樣子就是這車沒錯了。」玖深碰了下車門，沒有鎖，連鑰匙都插在原位，顯然駕駛是匆忙離開的。

就在幾個警察幫忙把四周淨空的同時，吵鬧的聲音從有點距離的地方傳來，「喂！你們把我的車怎麼了！」

幾個人轉過頭，看見的是個穿著暗紫色襯衫的青年，左邊耳垂上打了好幾個耳洞，上面掛滿了亂七八糟的飾品，整個頭髮染成金色，開口時有著相當怪異的腔調：「幹，這台是限量車——」

「這是你的車嗎？」一名員警迎了上去擋住人，不讓對方靠近。

「廢話，你們知不知道這台車有多貴啊！你們這種人一年做到死都買不了一台！」青年這樣憤怒地喊著。

「現在知道很貴了，你的車剛剛撞死人，麻煩到旁邊做筆錄，不要妨礙我們做買不起限量車的工作。」玖深馬上頂回去，看也不看車主，逕自打開工具箱開始採樣。

不太在意地瞥了對方一眼，原本只是想看看那個撞他的車主長什麼鳥德性，但是看了之後，虞因反而錯愕了。

他看到很多半腐爛的手抓在那個人的肩膀上，有大有小、有男有女，層層疊疊地緊緊抓住青年的肩頭不放。

從口袋掏出香菸盒拍出枝菸叼著，根本不知道自己肩上有什麼東西的青年點燃了火，大口地吐出白霧，「媽的，我才去拿個東西，轉頭車就被偷了，你們警方不是很厲害嗎，快點把那個撞爛我的車的人交出來，我會讓他知道動我的車是怎樣死的！」

「麻煩請到旁邊，我們想問你一些事情……」雖然非常嫌惡，不過員警還是耐著性子請人稍微離開點距離，然後依照程序開始詢問。

站在原地，虞因一直瞪著那個人的肩膀。

平常他的眼睛都是一下有一下沒有，但是這人肩上的那些手卻一直沒有消失，反而有越積越多的趨勢，每隻手掌都不動，只是死死地揪著；他甚至可以看見那些手不斷冒出黑色的血液，將青年紫色的衣服染成黑色，但是沒有人發現。

只有他看見。

這個人絕對有問題，這是虞因的第一個印象。

□

大駱帶著他們移動到另一個地方。

離學校稍遠的距離，一處像是用鐵皮搭成的臨時屋。

有時虞夏會覺得這些小孩還眞厲害，爲了找地方，常常連大人忽略的一些不起眼或者棄置的建築他們都能住得下去。

在進入鐵皮屋之前，他先看到茵茵已經在裡面了，點著香菸，坐在一個看起來像是學校才有的椅子上。「好慢。」

「安合死了。」沒有理會茵茵的抱怨，凱倫率先走進去，因爲事發突然，他們身上都沾染了斑駁的血跡。

「喔，眞可惜。」茵茵沒有露出任何訝異的神色，好像對方講的不過就是天氣晴朗之類和她不相關的話題。

「去找出那輛車是誰開的。」臉色非常不好，甚至有點說得上是極度憤怒的大駱隨後就朝另一個跟著進來、明顯是小角色的混混這樣吩咐，後者瑟縮了一下脖子，很快地退出去消失在街道當中。

講了一些不准把今晚的事告訴別人的話之後，大駱把殘餘跟來的人全都打發掉，不算小的空間就只剩下他們五個人。

虞夏趁著大家還驚魂未定，打量了一下這個新地方的環境，跟之前的差不多，看起來本來應該是有人爲了賣東西搭的小鐵皮屋，但不知道什麼原因撤掉了，看樣子也荒廢有段時間，除了能遮風避雨之外，很多東西都剝落了，外面同樣雜草叢生，再過去一點就是無人的長草泥地，並不特別。

大概是親眼目睹安合被那輛白車直接撞上，何旺宏有好一陣子說不出話來，就站在角落裡面，也沒有人有興趣想知道他現在心裡在想什麼。

「又少了一個，阿比他們失蹤後我們就一直很倒楣。」吐了一口煙，茵茵漠然說著。

「阿比？」疑惑地看向凱倫；不知道爲什麼虞夏覺得這群人大概就只有這個比較老實。

「對不起，我也不大認識他們。」凱倫把視線丟回角落的何旺宏身上，「阿旺，順便說一下吧，每次問到這個你們都敷衍我，如果不把我當一起的，繼續這樣騙下去沒關係。」

有點擔心地看了一下大駱，確定他們帶頭的人沒有表示任何不爽的心情之後，何旺宏才吞了一下口水開口說：「阿比、萱和阿靠是我們另外三個同伴，凱倫應該跟他們照過面，之前和茵茵都是在外面幫大駱賣東西，可是後來那三個不知道怎麼回事，人不見了，到現在還沒有找到，大駱手上有批錢在他們那邊，也還沒拿回來。」

「賣什麼東西？」虞夏看著他，敏感地知道這就是自己會在這邊的原因。

「讓我們可以賺大錢的東西。」茵茵懶洋洋地插口，「如果你打算加入我們，你也會賣到，反正是個好東西就對了。」

看了他們一眼，虞夏心想多半不是什麼好東西。

「不過如果你不缺錢，不想賣也沒差。」凱倫聳聳肩，無視於大駱的瞪視這樣說著，「反正我也沒加入。」

「現在我們少四個人，當然要幫忙賣。」同樣也瞪了他一眼的茵茵拈熄了菸，「哪像你，王大少爺。」

「閉嘴。」心情非常不好的大駱低吼地罵起來，一下子幾個人全都安靜下來，「茵茵，那個女的呢？東西交出來沒有？」

冷哼了一聲，茵茵瞇起眼睛，「沒有，也不在她身上，不過我們猜她應該是把東西給那天那個擋住我們的大學生了，因爲安合去她家也沒找到東西，只有一堆花癡的情書。」

「問不出來嗎？」

茵茵搖頭。

「現在那個女的呢？」凱倫疑惑地發問。

「處理掉了。」露出凶狠的神色，茵茵這樣告訴他：「既然問不出來，當然就是把人處理掉，少一個人知道最好。」

有那麼一瞬間，虞夏差點開口問，不過他很快就壓抑下來，讓凱倫再度開口，「那妳在哪裡處理？人呢？不要給我們添麻煩。」

「我幹嘛要告訴你。」拒絕回答這個問題，茵茵再度點燃了香菸。

「當然是——」似乎正想說點什麼，凱倫猛地停止下來，「接個手機。」放棄追問，他拿著突然作響的手機向外走。

幾乎是在同時，虞夏也感覺到自己的手機震動了，有人打電話給他，不用想他也知道絕對是爲了剛剛在空地發生的那件事。

剛好，他也想知道狀況。

「今天就這樣吧，我要回去了，眞不爽。」嫌惡地看著身上的血跡，虞夏不管其他人的反應，轉頭就離開了。

沒有人攔他。

□

虞因回到家時已經是清晨。

在警局逗留了一段時間，整個程序弄完外加觀賞了白車主人在局裡咆哮之後，他才拖著疲累的腳步回家。進門後整個家中是一片黑暗，他猜測小聿應該自己回來之後就早早上床睡了，所以也沒有特別去找人。

今天比較奇怪的是在局裡沒有看到大爸和二爸，這麼晚了兩個人都還沒回來，可見是要加班了；這種狀況他也還蠻習慣的，所以並不在意。

在黑暗的家中，累歸累，虞因卻沒有很想睡的感覺，稍微把東西整理過後，就整個人癱在客廳看電影，一點睡意都沒有。

在電視台放完一片後，虞因突然想起一件事。

上次那女孩給他一個怪異的長條包，因爲這幾天事情太多他全都忘記了，也忘記去備案，現在卻很突兀地想到這件事情。

「唔……看看裡面有沒有聯絡方式好了。」

好奇心一旦起來，有時候連自己也克制不住，尤其是獨處的時候，虞因在心中自己想了幾個不要亂動人家東西的理由，不過也不夠阻止一個讓他想要去開的強烈衝動，所以他把那個有點重的長條包拿了出來。

那是個黑色的包包，乍看之下會以爲是旅行包，但是又不太像，拉鍊設計的方式有點奇怪，可以整個拉開，內裡還有保護層。

因爲讀的是設計科系，對於包包的設計感到有點好奇，虞因慢慢打開了黑色的長條包。

有那麼一秒鐘，他在看見裡面的東西之後，差點又把拉鍊給拉回去。第一眼他以爲是陶瓷品，但是在拉鍊完全打開之後，他推翻自己剛剛的假設。

那是一個球體關節人偶。

會知道這種東西，是因爲虞因班上有幾個女生買過，好像有大有小。他那個叫李臨玥的孽友先前還買過小的，大概十幾公分大，他還建議她那玩意太小了，最好在腦袋上打個洞當手機吊飾比較不會遺失，因此得到很多白眼。

話說回來，現在他在長條包裡看見的東西目測大概是六十公分左右……他記得這種娃娃不便宜，爲什麼那個女孩會把這樣的貴重物品塞給他？

檢視了一下，虞因覺得娃娃看起來有點像韓廠製造的感覺，但是他也不太會辨認。

小心翼翼翻開娃娃，裡面還夾著一套小小的衣物和假髮，感覺上眞的很有娃娃要來借住的味道，不過關於主人的個人資訊就都沒有了，翻找一下沒有收穫，虞因就放棄地把包包重新闔上了。

把長條包塞到客廳櫃子之後，虞因突然覺得外面似乎有種騷動，看出去時覺得圍牆外好像有東西在晃，但是沒有看見什麼特別奇怪的東西。

是他多心了嗎？

看了一下時間，清晨四點多，看來大爸他們眞的很忙，於是稍微把客廳整理一下，虞因就拖著腳步回房了。

那一晚他睡得極不安穩，一直覺得有人在房間外走來走去，但是打開門又沒有人，隱約感覺房子裡好像有什麼，卻又找不到。這種怪異的狀況持續到清晨，他才慢慢地入睡。

所以第二天他睡過頭了，醒來已經是中午十二點多，連小聿都沒有打到照面。下樓後只看到桌上擺著大爸買回來的早餐和留言紙條，說這兩天比較忙。他想大概是大爸順便將小聿帶出門了，所以沒有在意。

之後，每次虞因回想起這件事都感到後悔。

他總是忘記其實人類比起那種不知名的東西都還要來得恐怖，但是他在那時將全副心思都放在發生的怪異事件上。

如果當時他有多注意一點，有多注意一點點就好了……

虞夏打著哈欠。

「夏，你要不要先去睡一下。」看著正在揉眼睛的自家兄弟，帶著早餐進門的虞佟這樣建議。不只是虞夏，附近有些夜班的同僚也都一臉倦意。

「等等去睡半個小時。」咬著從玖深那邊掠奪來的巧克力棒，虞夏盯著電腦螢幕看，上面正傳來嚴司的屍檢報告。

「今天要是沒辦法的話，我可以幫你去。」看了一眼旁邊的學生制服，虞佟把早餐分給旁邊其他同事。

「免了，我昨天好不容易問到一些事情，那些傢伙學生不好好當，居然在賣東西。」頓了一下，虞夏想到昨晚的事，「我懷疑是在賣藥。」

「菸蒂送去分析了，裡面確實有藥物反應，正在分析成分。」虞佟劈手奪走對方的零食，在他抗議之前把飯糰塞到他手上，「聽說昨晚阿因也在現場。」

「沒有照到面，他有個朋友認識我，所以幫我把阿因擋下來了，那個叫一太的，現在應該還在偵訊吧，欠了人家一筆。車子的主人怎麼說？」關掉電腦，虞夏轉過來開始吃早餐。

「車主否認那時是他在開車，正確來說，他的車不見了，當時他很憤怒地在附近找車，因爲太招搖了，所以很多店家都記得，有不在場證明。」思考著玖深那邊剛出來的資料，虞佟繼續說：「玖深沒有找到特別有用的東西，顯然偷車的人很明白要怎樣保護自己，但奇怪的是，那輛車上似乎運載過什麼，有很多小的空紙箱，玖深他們要對紙箱進一步採樣。」

「紙箱……」沒想到紙箱會有什麼關聯，虞夏僅是點了下頭記住這件事。

「車主有一些前科，像是虐待動物、吵擾鄰居、危險駕駛，幾年前曾因持有毒品被抓過一次，在他身上查到兩顆他稱爲感冒藥，但是後來我們驗出毒品成分跟一劑注射用——」

「賣的？」虞夏皺起眉。

「沒有證據，他自己也有使用。」虞佟拿起旁邊的資料夾翻著，「所以沒有判很重，合併罰金之後很快就出去了。」

「嘖。」把吃完後的空袋子往垃圾筒一丟，虞夏揉著肩膀站起來，不知道爲什麼，昨晚回來之後，他就一直覺得肩膀發痛，「我去躺一下，等等叫我。」說完，他逕自往休息室走了。

虞夏離開後，虞佟才坐回自己的電腦前，他馬上就發現有個不屬於自己的東西就在螢幕下方。

那是一只信封，被摺疊起來了。

他有印象，之前常常來的不知名信件都是用像這樣的信封，翻過來之後上面什麼字或名字都沒有寫。感到疑惑的虞佟打開了未黏的封口，裡面並沒有信紙，只有一點點的泥土和一些草根。

他弟弟沒有這麼無聊到隨便放個東西惡作劇，平常同事也沒這個閒情逸致做這種事。

所以，這是誰的？

「外面好精采喔。」打斷他的思緒，不知道什麼時候來的玖深整個人掛在電腦旁邊的小隔板上，也是一臉累斃的樣子，「車主在大吼大叫，說他的車被撞爛了，要叫保險公司的人來。」

「夏去休息室了，不要讓他吵過去，否則那個車主大概馬上會變成傷患。」很能理解某人睡眠不足時脾氣有多火爆的虞佟，注意到旁邊同僚手上的資料夾，「那是什麼的？」

「喔，車上的指紋採樣。沒有駕駛人留下的痕跡，駕駛座只有車主滿滿的指紋，不過我們在車上找到一大堆長短不一的頭毛，要慢慢檢驗了。」打了個哈欠，玖深這樣說著，「那個車主超級不合作，問話也都不答，還在吵鬧說他的車有多貴多貴，可惡，要是我中了大樂透，我還眞想開輛法拉利去輾他。」

虞佟勾了笑，沒有表示太多意見。

「然後另外一間是都不講話。」純粹來打混兼休息的玖深，順帶比對了一下完全不同的另一邊狀況，「阿因認識的那兩個人一句話都不講，什麼也問不出來。」

虞佟記得剛剛虞夏才說其中一個人認出他來，這麼說起來……

「他們現在還在問嗎？」

「沒有，好像在休息。」玖深搖搖頭，接著直起身體，「我要回去整理東西，等等滾回家睡覺了，掰……」

等玖深離開後，虞佟站起身，走向那兩個大學生所在的房間。

一出走廊，他果然聽見另一邊傳來叫囂聲，折騰一晚很多人都累了，跟日班的換手之後，讓另一批人繼續安撫那個車主。

轉過旁邊，那裡是完全相對的死寂。

上午七點多，他踏進了安靜的室內，原本閉上眼睛正在休息的兩個人被驚擾之後瞬間睜開眼。

「嗯……一太？」看著檔案上面的眞名，虞佟選擇了別人喚他的稱呼。

「阿因的爸爸。」同樣也知道對方是誰，一太直直盯著他看。

「是的，謝謝你幫忙，昨晚你認出的那一位是我的雙胞胎兄弟。」簡單解釋一下之後，虞佟向外面看守的同僚點了一下頭，後者就把門關上了，「你似乎拒絕回答任何問題？」

長相乾淨的大男孩拿起桌上裝著白開水的杯子搖晃了一下，「沒有回答的必要，如果我想說什麼，我就會說。」

「ＯＫ，那我不問你那些不想說的問題，你也可以不用回答你不想告訴我們的事情。」在對方點頭之後，虞佟才繼續：「我想問，你們鬥毆的對象，也就是被車撞死的那個高中生的帶頭者是誰？」

「大駱，上學期轉來之後就踢掉了原本那一個。」

「本名是……？」

一太笑了一下，看了他手上的資料，「你們去查應該就有了。」

點點頭，虞佟知道他不想說，「你知道我們想在學校裡面找到些什麼。」

「我不清楚，但是其實另一個虞警官應該快找到了，大駱現在很缺人，他可以用的人少了三個，剛剛又撞死一個，有另一個不見得聽他的話，所以他很快就要再吸收新人。」看了旁邊快睡著的阿方一眼，他開口說：「我的朋友好像很累，可以先讓他休息嗎？」

示意外面的同僚帶阿方去外面，虞佟在關門後才又繼續問題：「你知道那三個人爲什麼不見嗎？」

一太偏著頭想了一下，然後搖搖頭，「不清楚，但是第四個女孩子……我知道她之前都在附近玩狗。」

「狗？」

「那輛白車我們注意很久了，因爲好幾次他都差點撞到學生。他就停在住宅區那邊，之前附近野狗生了六隻小狗，那個女生常常出入那一帶餵小狗，阿方他們怕那台車撞到她，曾留意過一陣子。」聳聳肩，一太瞇起眼睛，「不過那些狗後來被空氣槍打死了，大概是那個開白車的做的吧。」

經常出入那邊？

虞佟實在很難忽略這個訊息，「她不見的那幾天也是嗎？」

「狗被打死後，有幾天她還是在附近走動，後來就沒再看過人了。」頓了一下，他補上一些解釋，「那些死掉的狗當天就被白車主人丟到學校的大垃圾桶。」

「嗯……既然這樣，她還去幹什麼？」這句話是虞佟低低的自語，所以對面的人也沒有開口回答他，「我大概明白了，謝謝你。」

「不會。」

沉默了一段時間，在對座的人正想打哈欠時，虞佟才有點不太確定地提出他的疑惑：「雖然是私人問題，但是我怎麼看都不覺得你像個會混黑道的孩子，爲什麼你會是阿因他們學校的老大？」

他以爲對方不會回答這個問題，但是出乎意料地，一太勾起微笑，「你們誤會了，其實我也不算老大，至少不是像大駱那樣有指揮別人的權力，我只是幫人處理一些事情，所以很多人會找我幫忙。」

「像鬥毆也是？」

「不可否認地，這在我眼裡沒什麼區別。」

看著眼前的大學生，虞佟知道對方不會因爲動手而感到有錯，應該說他們已經遇過太多這樣的大人和小孩。

這樣的人也只會不斷增加，而且大多都往壞處發展。

雖然他目前不覺得一太有惡意或想要走偏，但是他依舊很擔心，總有一天自己會在重大事故中再度遇到這個人。

虞佟衷心祈禱別有這麼一天。

「最後我有另一件事情，你剛剛會讓你朋友先出去，是因爲你不想讓他被訊問，或是其實你知道更多，想要與我們交換條件保護他？」一開始就有種奇怪的感覺，虞佟直覺對方應該不簡單，但是並沒有顯露出來。

一太的笑意加深了。

「誰知道呢？」

□

他回家的時候，電話正響個不停。

今天整個下午差點沒在學校睡死的虞因踢掉鞋子，快步跑向客廳裡的電話，「你好，這裡是虞家。」

電話那一頭的聲音稍微模糊了一下，然後逐漸清晰了起來，「請問少荻聿在家嗎？」

「不在喔，請問你哪位？」聽著聲音，虞因感到有點奇怪，因爲很少有人打電話到家裡來找聿，基本上小聿自己的朋友都是用手機聯絡的，不太會給家裡電話。

「請問您是……？」

「我是他哥，你是他同學嗎？」怎麼聲音聽起來老老的？

「喔，抱歉打擾了，我是他的班導師，他今天沒有來上學喔，是不是身體不舒服？」表明身分之後，導師這樣說著：「他今天沒有來上課，但是他的背包有在座位上，同學說他這兩天曾去保健室包紮，我有點擔心他的身體狀況是不是不好，還是傷口惡化了，所以打電話來問看看。」

虞因愣住了。

「你說他今天沒去學校？」不對勁。虞因突然覺得整個人緊繃了起來，仔細想想，他的確從吵架後到今天都沒有看到小聿，還以為他自己去學校了，就像平常一樣。

雖然不說話，但是他可以感到小聿很喜歡讀書這件事情，沒有道理丟著學校不去。

等等，他跟小聿吵架時的確還看見他揹著包包的，而且他的包包一向不離身，沒道理包會放在學校而人沒去。

「是的，所以我想他應該是在家休息……請問他不在嗎？」注意到虞因的語氣有異，導師的聲音也有點緊張了。

「……我現在馬上去學校。」

放下話筒，虞因突然感到寒意襲來。接著他說服自己可能是大爸帶小聿出門了，畢竟眞的不舒服是要看醫生的，而自己今天早上在睡覺，所以才沒有注意到。

應該是這樣。

所以不要想太多……

這個想法在接通了虞佟的電話之後，徹底被打碎了。

「我在早上五點多回家一趟，但是你們好像都在睡覺，所以我就沒叫醒你們。」虞佟的聲音從電話那端傳來。

「你只放了一份早餐？」

「嗯，小聿好像比較喜歡自己弄早餐，外面買的吃不多，之前他曾提過不用幫他買、怕浪費，所以我沒有另外買他的那一份。」

「……」

「阿因，發生什麼事情了？」第一時間虞佟就發現不對勁，平常阿因愛玩歸愛玩，但是不會無聊到打電話來問他早餐的事。

「小聿……是不是沒在你那邊。」虞因用的是肯定句。

「他不見了？」

張了張嘴，虞因聽到自己的喉嚨發出幾個模糊的聲音：「剛剛他們的班導師打電話來，說他今天沒有去上學，我想他昨晚應該也沒有回家。」他現在才想起來，不管多晚，他回家時都會看到小聿在客廳看電視等門，很少會先上樓睡覺。

電話那邊傳來一些聲響，接著是虞佟的講話聲，「你現在去學校問清楚狀況，我馬上找人過去。」

掛掉電話之後，虞因快速跑上二樓，打開小聿的房門，其實裡面並沒有什麼特別的物品，但是依照房間的狀況來看，顯然昨天晚上沒有人在這裡睡過。

關上房門後，虞因感到手指都發麻了，心裡有個聲音讓他無法忽視。

他害怕小聿變成「第五個」。

找到屍體之後，他們同時都認知了失蹤者不是逃家，而讓這幾人失蹤的人，也奪走了他們的生命，雖然另外三個還未找到，但是這幾乎已成了共識。

快步跳下樓梯走進客廳拿東西，因爲太沉浸於自己的思緒當中，以至於虞因壓根沒有發現異狀，等他聽到聲音時，同時也看到一個黑點砸上他家客廳的落地窗。

巨大的聲響直接從陽台傳來，整片玻璃應聲破碎，飛射的碎片劃過窗簾，摔落了一地。

第一反應是翻到沙發背面躲避，但還是被玻璃碎片扎到了手，虞因發出吃痛的聲音。幾秒過後塵埃落定，他立刻站起身，看見圍牆外有幾個橫眉豎目的男生對他比出挑釁的手勢；在丟石頭的動作啓動了保全系統後，那四、五個人就倉皇跑掉了。

他看見整個客廳因爲碎玻璃而變得滿目瘡痍時一愣，接著注意到地上的兩大塊石頭——現在他得更正一下，是水泥塊，那種工地附近會出現的東西，現在躺在他家地上，還把落地窗都打碎了。

虞因注意到其中一個水泥塊上用奇異筆寫了字。

怕踩亂了周圍，他離開了段距離，但還是看清楚上面寫的醜字——「把東西交出來」。

東西？

很快地，保全被驚動而來，接著他撥了電話報警。

在認識的員警抵達之後，他便把房子交給其他人，比起被砸的房子和那些他可能心裡有數的逃逸者，現在他更擔心一整個晚上都沒有回來的小聿。

但是對方想要什麼東西？

虞因看了客廳一眼，然後看見了那個藏著黑色長條包的地方。

他突然想到，自己收到的寄放物或許不只是一個娃娃這麼單純。

「阿因，要聯絡虞夏或虞佟嗎？」認識的警察看他拿著安全帽要外出，這樣開口詢問。

「幫我聯絡大爸，我要去學校一趟，另外我大概是被那些鬥毆事件的高中生盯上了，你們幫我留意一下附近還有沒有那些傢伙出入。」打了個招呼，虞因隨便抽起幾張衛生紙，把手上血跡胡亂擦一擦，在對方點頭回應後便踏出家門。

庭院外還有另一塊水泥塊，可見對方眞的是準備好要來砸他家的。

平常這時候，如果事情不大，可能找阿方他們就可以打聽到對方是哪幾人，但是現在這種時期，他也只能先放下不管。

發動了摩托車，虞因看著漸晚的天色，路上的房子都已經開始點亮了燈。他祈禱小聿只是跑去圖書館看書看到忘記回家，而不是走不回家。

在家家戶戶正要開始晚餐的時候，摩托車的車尾燈消失在街道轉角之後。

□

因爲房子被砸的事，到達學校後已是遲了一個多小時之後的事了。

走入夜校正在上課的高中校舍後，來過這裡幾次的虞因，很快就找到了導師辦公室，同時也看見正在等他的班導師。

「不好意思，剛剛在路上出了一點事情。」先跟對方點頭，虞因直接走進去，「我是虞因，小聿的哥哥。」

導師站起身，說了幾句禮貌話之後，就彎身從旁邊拿起一個包包，虞因一看就知道是聿的東西，他之前還未上學時，就揹著這個包包跟在自己後面到處晃，「這是他放在教室裡的，同學怕不見，所以就拿到我這邊來。」

道謝後，虞因打開了包包，寫字的本子和課本都在，錢包跟小東西也都在，不像是要外出很久。

「我會請我爸爸們快點去找他。」夾著包包，虞因這樣告訴對方。

「嗯……因為學校方面已經有失蹤學生的困擾，剛剛主任表示想請你們低調地搜尋。」有點不安的表情，其實很想反對這件事的導師說著：「但是我希望可以快點找到他，在之前的學生失蹤之後，我們都不想再失去另一個很有前途的資優學生。」

「好的。」

不打算與初識的導師講太多，虞因拿著包包很快就離開了辦公室。

他找了一個比較沒有人會注意的樓梯間，把包包裡面的東西全部翻出來，希望能發現些什麼東西來找到小聿的行蹤。

但是就像他剛剛在裡面看到的，除了課本和寫字本之外，沒有什麼特別的東西。

「在夾層裡面。」

淡淡的聲音從他身後傳來，虞因皺了一下眉，然後摸著包包的內層，果然摸到一個硬物，他拉開了拉鍊，從裡面拿出一把美工刀，刀片上有著乾涸的血跡。

比起這個，他先轉過頭，看見方苡薰就站在他後面，臉色非常不好，平常遇到時那種笑臉都沒有了，取而代之的是一種淡淡的怒氣和難過。「妳爲什麼在這裡？」現在是晚上，一個日校的學生還在這裡遊盪而沒上晚自習，怎麼看都是件很奇怪的事情。

「我來找大駱，他們該死地抓走我學姊，我要去找他們要人。」方苡薰露出一種讓虞因感到很不對勁的神情，「剛剛我從學姊家回來，她家人說學姊已經失蹤了好幾天，也報警了，房間裡面還有被人家翻過的痕跡。」

「第六個失蹤者？」虞因立即聯想到這件事情。

「不對，和失蹤案沒關係。我剛剛問過，大駱那票人最近在抓我學姊，一定是跟他們有關。」抬起自己的手，方苡薰淡然地說著，「他們徹底惹毛我了。」

看著女孩的手，虞因突然悚然看見她的拳頭關節上有破皮和血跡，他不想知道她剛剛是怎樣問人的。

「還有，爲什麼你會說第六個？」注意到這件事，方苡薰先開口，「如果加上我學姊，應該是五個人。」

「小聿不見了。」虞因說完，看見女孩的眼睛瞇了起來。

「奇怪……他不應該被盯上……」方苡薰咬著手指甲，同樣也陷入疑惑，「昨天晚上我們還在一起，我朋友本來要送他回家，不過他說他叫計程車就好了，所以我們跟他一起走到學校外面。」

「妳有看到他上車嗎？」虞因立即追問。

方苡薰搖搖頭，昨晚滕祈報警之後，他們爲了不捲入事件當中，很快就離開那裡，因爲她急著從滕祈那邊另外問事情，所以把聿送到學校外的馬路，就先搭滕祈的車離開了。

「你們最近到底都在幹什麼事？」虞因盯著她，突然感到這個女孩跟小聿最近的反常一定有直接關係。

不耐煩地看了虞因一眼，女孩冷笑。「跟你們沒有關係，小聿不想你們也牽扯進去，他老是說不在意你們，但是卻又一直想幫你們，你就不要讓他擔心了。」

「什麼意思！」虞因愣住了。

方苡薰聳聳肩，沒有回答他。

心中充滿巨大的疑問，虞因看著手上的美工刀，整個被弄糊塗了，但是就算這樣，在女孩好幾次不合理的行動和反覆的態度之後，他察覺到一些事，「那時候妳不是眞的害怕大樓裡面的東西，對吧？」

當時在大樓裡面她雖然表現出恐懼和尖叫，卻沒有一般人會有的腿軟或是其他反應，甚至之後還是會來找他們。

這件事也讓他想到另一個一樣奇怪的人。

「你以爲全世界只有你一個人會看見怪東西嗎？」方苡薰不答反問，偏頭看著他，「阿聿的新哥哥太笨了，讓我也很無奈，要給你們提示都覺得是在浪費時間，比起你這種半路殺出來的掛名哥哥，我們跟他才比較親，不管是在關係上還是在任何事情上。」

她在攤牌。

就算是虞因，也聽得出女孩攻擊性的話語。

「妳是什麼來路？」

笑著，沒有回答他的問句，方苡薰轉身離開。

看著她的背影消失在黑暗中，虞因突然感覺到身體都冰冷起來，他覺得自己好像聽見了一些他不想知道的事。

巨大的疑問在走出高中後依然揮之不去。

把包包放到摩托車裡，虞因想著要先去警局還是先回家……他還要回去整理家中的一片凌亂和叫人家重裝落地窗才行。

正想離開時，那種低低的哭泣聲又傳來。

缺了半個頭顱的身影從他身邊擦過奔跑，一下子消失在社區住戶附近。

他突然想到，如果小聿的失蹤眞的和那四個人有關，搞不好他可以透過她找到。

想也不想，虞因跟上去。

□

虞夏清醒時，看見的是嚴司放大的臉部。

所以他不加思索地給那傢伙一拳。

「哇靠，老大你想謀殺嗎！」險險閃過拳頭，差點被打成賤狗的嚴司發出了抗議。

翻起身，虞夏悶哼了聲，肩膀上傳來劇痛。

嚴司退後了兩步，「老大，你自己都沒注意到昨天有擦到車子嗎？」他舉了下手，手上掛著醫藥箱。

轉動頭部，虞夏首先映入眼底的是窗外已經暗下的天色，「我睡了一天？」他本來只打算睡半個小時，然後就去大駱那邊。

「喔，傷勢雖不嚴重，不過引起發炎，有點發燒，所以我幫你注射一點消炎藥物，可能是這樣你才比較好睡。」沒膽說自己其實是給他一劑好睡的東西，嚴司咳了兩聲，「放心啦，高中那邊好像暫時沒啥事情，其他人還在監視那群小孩，一天沒去應該沒問題。」

瞇起眼睛，虞夏看了眼自己的肩膀，已經被包紮過了，他想大概是他哥要叫他時才發現不對勁。

「休息幾天就沒事了，大概是你們躲車時擦撞到車子吧，腫了很大一塊，剛剛換第二次藥的時候已經消很多了。」嚴司拍拍藥箱，很滿意自己的治療。

虞夏站起身，拿過丟在旁邊的外套，「我先去高中那邊。」

「喔、呃……」嚴司想了一下，決定不告訴他小聿不見的消息。

「怎麼了？」注意到他似乎欲言又止，虞夏反射性地詢問。

「沒啥事，話說老大你穿高中制服還眞合適啊，我看這次結束之後你就乾脆留起來作紀念吧，有活動時候還可以穿咧——」

虞夏給他的回答是直接往腹部送上一拳。

在某個愛撈過界的傢伙彎下腰後，虞夏很滿意地拿著外套，在哀嚎聲中踏出休息室。

離開局裡，虞夏招了計程車，然後才撥了手機給應該在大駱那邊的凱倫。

「你去哪裡了？今天一天大駱都在發飆喔。」

「干我屁事。」用漫不經心的語氣回答，虞夏往後靠在椅子上。

「是不干你的事，好像是他的生意對象突然不見了吧，你今天怎麼沒來？」手機那邊傳來同樣無所謂的語氣，凱倫像是閒聊似地開口。

「現在要過去了。」虞夏不想跟他扯太多，在對方開口之前按掉了手機。

不知道爲什麼，他總覺得好像哪裡不對勁，現在仔細回想起來，爲什麼阿司會到他們那邊？

因為前一天才有人死掉，照理來說他應該會滾回自己的工作室才對，而平常就算自己受傷，佟也是押著人去治療或是自己動手，很少把他隨便丟在休息室。

不合理。

在他睡覺時發生了什麼事情嗎？

他應該剛剛先把阿司打一頓再問的。

邊恍神想著，在虞夏還未決定要不要叫司機轉頭付諸行動的時候，學校的屋頂已經逐漸可見了，所以他決定先做比較眼前的事情，剩下的等他回去再來算。

下車後，外面的天空是一片黑暗。

因為昨天發生過群鬥事件，還鬧出人命，所以附近的巡邏車比往常還要多一點，虞夏想這件事大概會被上級遷怒了，如果上面知道他們在玩這件事的話。

思忖著大駱他們應該不會繼續待在第一個藏身據點，他直接往另一個地方走去。

果然在接近房子後他就聽見何旺宏的聲音，踏入裡面他只看見一如往常在打電腦的凱倫，與正在打手機的阿旺，不知道在跟誰通話，語氣有點怪異。

「你受傷了嗎？」凱倫頭也不抬地開口。

「沒事。」虞夏看了旁邊的何旺宏一眼，說著：「大駱人呢？」

凱倫終於抬起頭，順手切掉筆電的電源，「他的貨物來源出了很大的問題，剛剛才離開去處理，你們這次還眞的是給我們添了一個很大的麻煩。」

聽見這句話，不明白他是什麼意思的虞夏挑起眉，「麻煩？」

就在何旺宏的電話還未斷之前，凱倫直接轉身往虞夏的臉側踢過去，幾乎在同時，虞夏也擋住了。

他的動作太標準了，標準到像是受過訓練，不似這種地方的小孩該有的水準，這讓虞夏想起自己一樣會這種攻擊法，雖然他比較喜歡憑直覺打人。

無視於何旺宏驚訝到手機都忘記講、下巴都快掉的表情，凱倫再度旋身給虞夏一腳，這次虞夏直接往後跳開閃過他，想反擊時卻發現對方已經收勢，沒打算再繼續動手了。

「你們給我們惹了一個非常大的麻煩。」凱倫還在微笑，但是臉上的表情透露出非常不爽的情緒。

就捱這兩次，虞夏腦袋中冒出一種連他自己都難以置信的想法，這讓他知道凱倫的確與這裡格格不入，而且他的年紀也不像高中生，應該要更大一點。

再次端詳凱倫的臉，他突然知道之前看到這個人的熟悉感是怎樣來的了。

「怎、怎麼了？」在驚嚇之餘，何旺宏才記得要開口問他一向不動手的同伴。

凱倫瞪了他一眼，讓他閉嘴，接著轉頭看向虞夏，「我哥叫作王釋凱。」

虞夏確定了，他知道已經殉職的員警還有家人，他的確見過這個人，在喪禮的家屬席上，那時他非常年輕，才剛踏入警界不久。

這是另一個來刺探的人，而且已經領先他半學期之久。

「你們的目標是誰？」他皺起眉看向凱倫，可以理解對方爲什麼會讓他覺得不對勁。

「白車的主人，我們要找他後面的傢伙，這下好了。」凱倫聳聳肩，「看來這裡只能讓給你們，我們得另外想辦法了。」

確定對方身分之後，虞夏反而有另一個疑問，「你一開始就認出我了？」

凱倫笑了一聲，「不是，昨天才想起來的。那種三十幾歲還是張死娃娃臉的人我也才遇過一次，一有印象就記起來了。」

有那麼一秒鐘，虞夏還眞想把拳頭砸在對方那張可惡的臉上。

「你們到底在說什麼啊？」一頭霧水的何旺宏看著眼前兩個拚命說著他聽不懂的話題的人。

「不懂就給我閉嘴。」凱倫罵了聲，然後看了虞夏一眼，自個兒走回剛剛的地方，又繼續開了筆電玩遊戲。

知道目前他們都不想暴露身分，虞夏也沒有回應何旺宏的問題。

連續被兩個人白眼，何旺宏自討沒趣地講完電話，然後收起手機，「大駱這兩天會去找人，真是神神祕祕的……每次拿貨都自己去，連我們都不相信咧……」

「安合他家人那邊怎樣？」虞夏看著像是經常擔任聯絡人的何旺宏，這樣問著。

「沒怎樣啊，還不如說他老子鬆了口氣吧，安合經常被警察抓，還打傷過人很多次，雖然我覺得沒什麼啦，不過他爸跟他斷絕關係很久了。」何旺宏這樣說著，「大人都把事情看得太嚴重了。」

「是你們自己玩太大吧，在我進來之前，我聽說你們幾個常常聚夥在修理人。」瞄了何旺宏一眼，凱倫發出像是抱怨的話語。

「我先講，我已經很久沒動手了。」何旺宏立即回嘴。

「喔？在那三個人失蹤之後才這樣吧。」

虞夏注意到，凱倫是在幫自己問事情，「安合常常說你們以前都去哪裡堵人怎樣怎樣的，怎麼人不見之後你們就不聚了？」

何旺宏露出有點猶豫的表情，不過在他還信任大駱的人之下，他才慢慢開口，「你不懂啦……我一開始覺得就打好玩的，反正發洩一下，也沒啥不好，但是茵茵他們之前實在是玩得太過火了……我發誓我有阻止，不過因爲那天他們都吸多了，所以就一直打……」

「於是打出人命了？」虞夏冷著一張臉，打斷了何旺宏的話。

「我們離開時那傢伙還活著。」馬上反駁，大概是對那件事情仍有點不安，何旺宏再補上一句，「而且在他家附近，誰知道他的家人沒有找他，他自己又爬不回去。」

「你——」

正忍不住想開口說點什麼的虞夏被打斷了，剛剛才說今天不會到的大駱，陰冷著一張臉走進來，旁邊還有個男孩縮著脖子跟上。

「茵茵那女人在哪裡？」

他的口氣非常凶狠，似乎如果茵茵在這邊，他會撲上去掐斷她的脖子一樣。

「茵茵？昨天大家都走光之後就沒有看到她了。」何旺宏露出疑惑的神色，「我剛剛還以為你跟她在一起。」

「那個女人，她把我的錢捲走了。」大駱顯露出異常的震怒，「我這批貨賣的錢，她昨晚應該幫我拿去給送貨的人，但是沒有，那女人拿著錢不見了。」

「不對啊，茵茵她不至於這樣，她沒有你會死耶。」何旺宏說出自己覺得不對勁的地方。

「那你告訴我，那個女人在哪裡？」

虞因發現有人在跟他。

自學校出來後，隱約地一直感覺有人在他身後。

他跟著那個失去半顆頭顱的女學生走了一會之後，轉進白車主人的住所附近，那裡的封鎖線已經撤掉，相關證物也全都搬走，除了巡邏警車多了起來以外，這裡已經沒有前一晚那麼熱鬧了，只是偶爾還會看到幾個記者在附近，或是詢問著路過者，試試運氣。

踏進某條巷子之後，女學生不見了。

瞪著這條巷子發怔，虞因一時不知道應該去哪邊，這裡是上次他差點被撞到的地方，因爲玖深他們的關係，他知道白車主人應該就住在巷底轉彎往上坡道走五分鐘就到的地方，那裡頗隱密的，而且又脫離連結的住宅區。

是要叫他去那邊嗎？

狐疑地走往上坡道的方向走，虞因注意到四周很安靜，大概是這裡出了凶車，現在附近的住戶晚上都不敢出門了，就怕自己也被瘋狂的駕駛撞死。

正想轉出巷子時，他感到背後颳起了冷風，反射性轉身的那瞬間，虞因只看見好幾個黑影在他身後盲目地徘徊。

三個人，有男有女，臉色不是正常活人會有的顏色，而是已經反青僵硬的臉。他們目光呆滯，像是無法理解自己在哪裡，也不知道自己要去哪裡，一直在原地徘徊般走來走去，似乎也不像知道虞因在看著他們。

看著這些應該不是大學生的「人」，虞因有一瞬間懂了。

失蹤了四個，找到一個。

那麼剩下三個應該也都不樂觀了。

甩甩頭，虞因在心中默默地可憐了這些徬徨走著的白面孔，他們就這樣不停地在原地徘徊，像是不知道自己已經無法走上回家的路。繞過幾圈之後，這些東西又轉眼就消失了。

無法得知是他們自行消失還是虞因自己的眼睛又跳針了，他嘆了口氣，突然想到上次來這裡時並沒有看見這三張白面孔。

爲什麼現在會出現？

而且不知道爲什麼，虞因覺得他們的模樣非常奇怪，與其說是繞著走，還不如說他們好像是看不見東西或是被某種力量囚禁在原地……鬼遇到鬼打牆？

「這是啥世界啊。」無力地垂下肩膀，虞因搖掉腦袋中這個亂七八糟的想法，然後認命地往上坡道走去。

半顆頭顱的女生已經完全看不見了，他走完上坡道後，在盡頭看到白車主人的房子，那傢伙大概還在局裡，虞因看見的是間完全黑暗的透天厝，裡面一個人也沒有，空氣與黑色都夾帶著讓人沉悶的氣息。

他第一個強烈感覺就是不想過去，但是女學生的啜泣聲傳來，他只好硬著頭皮繼續走。

白天警方來搜索過之後，似乎沒發現什麼不對勁，所以並未派人強制留守，距離住宅區也有一小段距離，所以當虞因翻過外圍牆在窗戶邊繞來繞去時，基本上是完全沒人理他的。

繞著透天厝幾趟之後，他完全沒有發現任何可疑跡象，那些好兄弟們也沒再來附近走動，這讓虞因覺得有點怪異。

不會是找錯地方了吧？

就在他起疑的時候，左側窗戶猛然傳來喀的一個聲響，接著窗戶不知被什麼東西打開了鎖，緩緩地推了開來。

之前在「彩券」事件很有經驗的虞因知道這是來自對方的邀請，一邊思考著二爸不知道會不會掐死他，一邊從那自動大開的窗戶摸了進去。

進去後，就如他剛剛所想，整個屋子裡面完全沒有人，房裡也沒有多餘的東西，只有看起來滿昂貴的簡單家具和一些日用品，此外就啥都沒有了。

硬著頭皮，虞因小心翼翼地走上階梯，把樓上樓下徹底都看過一次，他訝異地發現二、三樓都是空房，沒有任何人入住的跡象，房子主人只在一樓那種俗稱孝親房的房間裡放了床鋪與日用品，顯然只有一樓是他的生活空間，往上就都拿來養蚊子。

那爲什麼要租這麼大的透天厝？

虞因的腦袋冒出了問號，他想來搜索過的員警應該也有相同的疑問。

走回一樓之後，他繞到後面，突然發現這棟房子的廚房邊有座小小的神壇，擺設幾乎就與他在大樓四樓那現場看見的差不多。

愣了半晌，虞因心中哀著「沒有這麼巧的事情吧」，然後一邊拉開了抽屜，裡面什麼也沒有，這讓他稍微鬆了口氣。

但是這個屋子也太乾淨了一點吧？

找不到什麼線索，抱持著疑惑，虞因又依著原路翻出去，這次也沒有什麼怪東西再來找他。

溜下上坡道後，他才走沒有多遠，就看見之前見過一面的高中保健室義工阿姨，大概是剛回來，她手上提著便利商店的塑膠袋，正在門前拿鑰匙。

看到虞因突然出現，對方也很驚訝。

「上次謝謝妳了。」躊躇一下，出於禮貌，虞因還是上前打招呼。

似乎沒有從訝異中回過神來，張美寧足足愣了好一會兒，才連忙對他點了一下頭，「怎麼這麼晚你還在這裡亂走啊？」她將手上的東西放在門前，迎上來問著。

「喔，來找朋友，我朋友就住在附近，現在要回去了。」隨便找個理由，虞因匆匆揮手打算離開。

也沒有再多說什麼話，出乎虞因意外地，張美寧也就直接回家了。

雖然感到怪異，但是虞因也沒有多想，反正對方原本就沒有義務要跟他聊天。

現在有種很奇怪的失落感，除了背包以外，他完全找不到小聿的行蹤，也不知道那傢伙可能去哪裡、或是被抓去哪邊。

而那些另一個世界的傢伙們代表了什麼？

□

四周的玻璃片被掃除乾淨。

第二天中午，虞因看著新的落地窗重新被裝上，大概是怕有人針對警職尋仇，局裡一度要留下人在附近幫忙監視，不過被虞佟拒絕了。

「好了，我想這些事應該不是針對我或者夏而來。」環起手，把掃除工具放在旁邊後，虞佟看著站在他眼前的自家小孩，「除了小聿失蹤之外，你還有什麼更糟的事情忘記告訴我？」他原本以爲最有機會被丟石頭應該是他弟，沒想到會是他兒子拔得頭籌。

「呃，我不確定我有得罪誰耶。」虞因抓抓頭，雖然他大概知道是怎麼回事，「我想他們應該是要拿那個娃娃。」

「娃娃？」

從客廳櫃子裡拖出那個女生寄放的長袋子，虞因打開拉鍊，露出那個東西。

「ＢＪＤ（Ball Joint Doll）。」虞佟立刻認出那是什麼。

「大爸你怎麼會知道？」虞因愣了一下，盯著自家老子。聽他那孽緣的同學李臨玥說之前媒體亂報，結果造成一堆人認知錯誤，沒有特別收藏的人第一眼應該會誤稱ＳＤ娃娃。

「之前局裡有人辦過代購詐騙案，那時我看到同事在翻網頁，順便問的，不過沒實際接觸過。」虞佟小心翼翼地把裡面的娃娃拿出來，仔細看看娃娃精細的白色套裝之後再翻著袋子。

「裡面什麼也沒有。」虞因蹲在旁邊，看著之前自己做過的動作再被重複一遍，「我在想大概是那時候她被追，怕把這個撞壞，所以才塞給我吧？」不過對於那個女孩知道他身分這件事，他還是百思不得其解。

虞佟仔細摸過袋子的隔層，果然沒找到什麼東西，疑惑地正對起那人偶細緻的小小面孔，娃娃眼中有著紫色的流光，但不過是光亮的反射。

有一秒鐘，他覺得這個娃娃好像也在盯著人看，虞因下意識地左右環顧，啥也沒看見。

「什麼也沒有。」虞佟只能做下相同的結論，然後再小心翼翼地把娃娃放回袋子裡，慎

重地重新將拉鍊拉好，「既然什麼都沒有，他們也沒道理要做這種事情拿娃娃吧？」

虞因聳聳肩。

將包包推回櫃子，虞佟轉過身，「我今天會再去小聿的學校一次，找找看能不能發現點什麼，你不要再去做奇怪的事情了。」

「我沒有——」正想像平常一樣抗議時，虞因止住聲音。

虞夏到現在還未回家，小聿也不明不白失蹤了，現在家裡還被砸，他知道大爸也夠累了。

於是虞因只能點點頭。

站起身，虞佟交代些事情之後，確定屋子裡暫時不會再有被砸的危機，才又匆匆出門。

虞佟出門後，虞因看了一下時間，大約下午第一節課將要開始。

其實不怎麼想去學校，但虞因還是把東西整理了一下，準備到學校去晃晃，因爲他的出席率快不夠了，雖然和老師都很熟，但是他可不能保證老師不會把他給當了。

鎖好房子，並打開保全後，虞因跳上摩托車，飛快地衝往學校。

在經過一小段時間後，他將車子停妥在校園幾乎要滿出來的停車場裡。

因爲是上課時間，所以在校園內走動的人並不多，離開停車場後才漸漸遇到人群。

把背包甩到身後，虞因在經過圖書館時下意識抬頭往上看，一張失去半顆頭顱的臉正好從裡面低頭往下看。

怎樣都想不出來爲什麼這個東西會在大學的圖書館找上他，虞因抓抓頭，在對方不指引也沒有提供他線索的情況下，他想幫也幫不上什麼忙。

「阿因。」

就在他思考時，有人拍了他的肩膀。

回過頭，虞因看見那個應該在警局裡面被追究鬥毆事情的一太站在自己後面，仍是那種悠悠哉哉的微笑。

「你不是暫時不能來學校嗎？」狐疑地看著這個其實交情並不深的角頭同學。

一太眨了眨眼，「跟你爸爸做了點小小的交換意見而已。」

「嗤，我就知道。」這個人比他的外表還要狡猾，虞因從來沒有懷疑過這點。

「圖書館的人在找你。」沒有將對方的態度放在心上，一太說：「你弟把書本還錯地方了。」

「咦？」愣了一下，虞因傻傻地看著他。

「少荻聿不是你弟嗎？我問了阿關，他說是啊。」看著正感到錯愕的同學，一太很愉快地繼續往下說，「他把台中圖書館的書還到我們學校的圖書館來了，你有幫他在這裡或是他自己有在這裡辦借閱證嗎？」

「沒有，我弟才剛進對面高中沒多久。」連忙往圖書館方向走了兩步，虞因又停下來，「奇怪，你怎麼會知道？」

「我曾聽過阿關講這個名字，另外在圖書館打工的女同學是我們班的，她早上正在抱怨，我聽名字很耳熟，就幫她問了。」走在前面，一太推開了圖書館的玻璃門。

裡面靜悄悄的，室內冷氣開放，溫度比外面低了些。

抓起身上的薄外套，虞因隨著前方的人往櫃檯方向走。

櫃檯裡有學校圖書館管理員以及兩個工讀的女學生，其中一個看見他們立即招招手。

「這本書。」那個女學生壓低了聲音，怕打擾到寂靜的閱讀環境，「這不是我們學校的，是台中圖書館，上面有寫，我打電話去問了一下圖書館，他說是一位叫作少荻聿的人借的，我想他還錯地方了，不過我們這裡並沒有他的資料。」

接過那本有點厚重的書籍，虞因看見封面上的英文字之後，整個人都黑線了，這是本不知道在幹什麼的原文書。

「科技藥物。」女學生直接翻譯了書名，「還有一個禮拜到期，要記得拿去還喔。」

看著這本書，虞因越想越不對，小聿的腦袋比他還要清楚，不可能把書還錯地方，更何況他並沒有在這大學辦借閱證，「我想請問一下，你確定是他本人來還書嗎？」他總覺得哪裡怪怪的，非常不對勁。

「咦？我不清楚耶，它是跟一包書放在還書箱裡的，學校圖書館還沒開的時候可以先讓人還書用的那個還書箱。」愣了愣，女學生這樣回答他。

「那包書裡全部都是少荻聿借的書嗎？」一太開口詢問他的同學。

「喔，不是喔，大概有四本，每一本都是不同人借的，是今天早上放在還書箱裡。」女學生調開了紀錄檔這樣回答，「都是對面高中的學生，我想大概是一起拿來還的，不然就是被沒收了吧。」

因爲她的口氣太平常了，所以讓虞因更加起疑。

今天早上？

聿失蹤已經不只一個晚上了，而在他人不見蹤影的情況下，當然不可能在今天早上來還書。

「被沒收是什麼意思？」注意到旁邊的人露出焦躁的神色，一太繼續追問。

「就是有些學生，我是說對面的高中生，常常借了書在上課時間看，結果被老師沒收，因爲我們學校的書上面會印有學校所有物的印章，所以每隔一段時間，他們就會把沒收的書整批拿過來還。」女學生這樣解釋著，「逾期的罰款再跟學生討。」

「每個老師都會拿來還嗎？」

女學生搖搖頭，「好像是請學校的義工喔，我記得是什麼張阿姨的……」

「保健室的張阿姨。」櫃檯裡面另一個工讀生幫她回答，「張阿姨常常幫忙跑腿還這些書，我們已經收過很多次了。」

愣了一下，虞因突然感到一種可怕的冰冷，他的確在圖書館外遇過張美寧，對方也提過還書的事。

接著他想起一本書，或許那女孩子並不是什麼提示都沒給他，「拜託妳們幫我查一本書，叫作《東京夢華錄》，最近才拿來還的。」

「喔，我有印象。」一太認識的那位同學很快告訴他，「也是張阿姨拿來還的，她說掉在學校的走廊上，結果後來我們才發現是新聞上那個死掉的女學生借的，所以特別有印象。」

「掉在走廊上？」不對，根據虞因的印象，那本書很乾淨，不像有掉在地上的污跡，再者，如果是掉的，沒道理書籤還在裡面。

他有種可怕的想法。

「那本書是在那個女生死掉之前還是死掉之後還的？」看著工讀生，虞因希望自己不要猜對。

「就在發現屍體的前一天。」工讀生很快地回答他。

盯著虞因看了一會兒，一太橫過身越過櫃檯，然後靠在同學旁邊小聲說話，「幫我個忙……」

聽完對方的請求後，女學生點點頭，「好啊，不過你欠我一次喔，一太。」

「沒問題。」一太的微笑加深了。

站起身，女學生往圖書館管理員那邊走去，用極細的聲音這樣告訴管理員——

「老師，有同學的重要物品遺失在還書箱那邊了，可以讓我們調閱監視器畫面嗎？」

然後，圖書館管理員點了點頭。

□

大駱花了一整個晚上找茵茵。

天亮後，他又怒氣沖沖地離開了。

被抓來幫忙找了一整晚的其他人，疲憊地回到了二號據點。

「我先回家睡一下。」終於忍不住疲勞的何旺宏搥著肩膀走出去，很快就不見人影了。

被遺留下來的虞夏和凱倫對看了一眼。

「局裡談還是麥當勞？」打了個哈欠，凱倫這樣問他，「我快死了，餓死，有什麼話先去找東西吃再慢慢說。」

「附近餐飲店吧。」

聽見虞夏的回答，凱倫發出細微的哀嚎，抱怨著很多店都會吃到難吃的東西，他堅持要走遠一點去麥當勞，至少那邊味道比較統一，保險很多。

橫瞪了這東挑西選的傢伙一眼，虞夏還是同意了。於是兩個人招了輛計程車遠離校區，在一小段時間之後來到早晨的麥當勞。然後他才想到，凱倫應該是想避開學校附近的學生，和他談比較重要的事。

早晨的速食店中客人並不多，大部分客人都會直接外帶到學校或公司食用，所以他們很快就在二樓找到比較隱蔽的位置，那邊沒有人，而且還有造景遮住他們的身影。

將餐點放在桌上，凱倫把筆記型電腦拋在椅子另一邊。

「那個該不會是報公費的吧？」想到他的電腦換過一次，還是壞了馬上就換新的，虞夏隨口問道。

「怎麼可能，兩台都是我自己的，不過壞掉當然是要報公費。」拍拍筆電，凱倫這樣回答他，「結果我上面的老大只給我報修費，可惡。」

如果在工作時帶私人物品，虞夏相信自己也是只會派給報修費用，「所以你是用網路遊戲在跟組裡聯絡？」

凱倫點點頭，呑掉手上的濃湯。

盯著眼前小他好幾歲的人看，虞夏推測對方大概二十多歲，可能只比虞因大一點，難怪第一眼看見他會覺得他和旁邊的同件格格不入，不管是在氣質上還是年齡上都有差別。

「你們正在查辦什麼？」如果會花半個學期在這裡，那一定不是什麼小事件。

「毒品。」看了他一眼，凱倫這樣說著：「我是自己請調來做這件事的，你記得我哥是怎樣死的吧？」

虞夏點點頭，不過他有些訝異，因爲他原本以爲是派到別的單位了，沒想到會是由王釋凱的弟弟繼續下去。

「我們從我哥留下的線索繼續追查，大概是因爲被驚動了，所以他們藏得很仔細，在上學期我們發現這所學校有人和賣的傢伙有來往，才進來準備看看能不能找出後面的人，不過目前爲止我只碰過賣大騈東西的人，本來想進一步取得信任，不過被你們給破壞掉了，還眞是算得很剛好啊。」尖銳的話說完之後，凱倫嘆了一口氣，「你們抓走的那個白車傢伙，就是跟大騈碰頭的人。」

「但是我們在偵辦失蹤案時，你們單位並沒有告知這件事情。」虞夏拿起湯杯，一整個晚上跑來跑去讓他反而沒什麼食慾了。

「誰知道你們動作那麼快。」沒好氣地回他一句，凱倫繼續往下道：「算了，反正我看大駱也不可能讓我們有進一步接觸，所以我們打算暫時先撤走，再嘗試找新的線，你有沒有什麼想知道的事？」目前他們估計，虞夏的小組很快就會調查出白車主人持有毒品這件事，所以大駱這票也會被堵掉了，短時間內對方也不會再與他們聯繫。

「失蹤那三個人的事情？」

「那三個我知道的不多，他們主要都是在外面跑，就像上次你聽到的一樣，引起很多暴力糾紛，如果你去少年隊，一定可以找到很多紀錄。」頓了下，凱倫偏著頭，回憶不多的資訊，「不過他們的失蹤的確很突然，就像昨天茵茵一樣。大駱他是團體組織的頭頭，你也知道他的作風很凶狠，所以離開的人一定會先跟他打過招呼。但那三個人是在某一天突然不見的，聯絡不到，手機也接不通，我們判定他們應該是失蹤而不是逃家，正想進一步接下案件以免被干擾時，才發現已經發派出去了。」

思索著凱倫的話，虞夏認為自己可能得到些情報，「那第四個女生有交集嗎？」

凱倫搖搖頭，「她不像是大駱盯上的人……不過我看過她，她在學校附近住宅區走動過一陣子。」

「小狗嗎？」想起虞佟打電話提過這件事，虞夏本能地這樣推測，「不過狗不是都被打死了？」

「沒有。」再度搖了頭，凱倫這樣告訴他，「一共有六隻，但是我和大駱過去時，我只看到五隻死掉的狗被清理走。」

「所以還有一隻狗！」瞬間知道第四個人可能去的地方，虞夏連忙追問，「你知道她把狗養在哪裡嗎？」

「不清楚，不過我想應該是在保健室義工那邊，我看過她們一起餵狗。」

虞夏馬上站起身，「我先回我的組裡，再聯絡！」

沒搭理凱倫驚訝的叫喚，他抓著外套很快地跳下樓梯，然後往街上狂奔，攔下了計程車，上車後他立即撥了手機給應該還在工作的人。

「佟，馬上幫我調檔案，之前校園暴力鬧出人命那個死者——家屬的名字。」

他想，他可能漏掉了很多事情。

□

「還那一袋書的是張阿姨。」

指著監視器紀錄的畫面，一太的同學如此告訴他們。

虞因心裡猛然沉了一下，「我知道了，謝謝。」

但是，他怎樣想都不懂為什麼那個張美寧會對他們下手？小聿應該和她不熟啊，而且也沒有過節，他們甚至在此之前都完全不認識。

走出了圖書館，虞因冒出的第一個念頭就是去找那個人問清楚。

一太抓住他，「發生了什麼事情？你太著急了，這樣處理不好事情。」雖然他不曉得虞因在緊張些什麼，但是他判斷一定是相當重要的事。

「我弟大概在那個人家裡。」腦袋裡一團混亂，虞因現在只想衝去把事情問個清楚。

「要找其他人陪你嗎？」一太拿出手機。

「不用了。」婉拒了對方的好意，虞因再度向他道謝，便快速地往張美寧的家跑去。

時間是下午兩點。

到了住宅區後，虞因走向他來過幾次的房子，然後按下電鈴，但是過了很久都沒有人回應，接著他想到對方應該是去學校了。

煩躁地又按了幾下，他左右看了看，大概是上班時間所以附近都沒有人，也沒見到鄰居出入，這讓他興起了一個不怎麼好的主意。

再度張望了一下，虞因就往房子另一邊走，找看看有沒有忘記鎖上的地方，或者可以讓他翻進去的空間。他當然知道這是不能做的，而且事後可能還會被他二爸殺假的，不過一想到小聿可能被關在這裡，他就覺得那些無所謂了。

不知道算不算虞因運氣好，他很快就在房子後門旁邊找到一扇沒上鎖的窗戶，透進去正好可以看見像是廚房的地方。

裡面非常安靜，什麼人也沒有。

就在虞因準備打開紗窗時，他突然聽見旁邊的後門裡側傳來腳步聲，沒有預警，讓他整個人愣了一下，接著馬上縮到窗戶底。

那個腳步很細微，就像有人踮著腳在走路，但是聲音卻又清楚可聞。

接著他聽見的是腳步聲在他正背後停下來，接著是某種喀喀的怪異聲響從他的頭上傳來，窗戶玻璃被人從裡側緩緩拉開，他幾乎可以感覺到窗軌在震動的細微聲音。

白色的臉從窗戶裡探出來。

虞因盡可能地把身體側到一邊，從他這個方向其實並不能看到那個人的正面，但是光這樣看到下巴跟頸子，他也敏感地發現這人的皮膚實在是太白了，是死白到反青而不是正常人該有的白皙膚色。

像是在尋找什麼，那張臉僵硬地左右張望著。

擔心對方一低頭就會看到自己，虞因在對方稍稍往後退之後，連忙小心翼翼地往轉角移動，原本不遠的轉角突然變得很遠，好不容易掙扎轉過去之後，他才發現自己已經出了一身冷汗。

他沒想到保健室義工的家裡會有這種東西。但是在虞因往外面路口走去的同時，他突然想起來，那張白色的臉不是女孩子的臉，也不是他之前在這附近看見的另外三個人……倒像是，那天車禍時他看見消失在鐵絲網後面的那張臉。

但是那是誰？

他想到，張美寧有個兒子。

接著虞因再度想起來，自己之所以會覺得那張白臉眼熟，是因爲他看過檔案，先前在他們學校附近發生學生被圍毆致死的命案時因爲是在學校附近，所以他有點在意，偷偷向局裡的大哥借了新聞檔案來看。

他的確見過那張白色的臉，在死者相片上，一模一樣、分毫不差。

「你在我家前面做什麼？」

輕輕的詢問聲從虞因身後傳來，嚇了他一大跳，轉過身後，他看見張美寧不曉得什麼時候站在房子門口，像是才剛回來一樣：「既然來了，進來喝杯茶吧。」

她露出友善的微笑，渾若無事地開了屋門。

虞因吞了吞口水，然後跟著踏入玄關。

整個房子裡面異常安靜，似乎連空氣都凍結了，別說屋子裡面有人，他連點聲響都沒聽到。

他很快便發現，就在剛剛有白臉探出去的窗戶位置其實有東西擋著，正常人應該不可能從那邊探出臉。

「果汁好嗎？」

似乎沒注意到虞因的臉色變化，張美寧微笑著從廚房冰箱拿出幾樣水果，然後動作俐落地開始處理水果，放入果汁機。

機械運作的聲音迴盪在整個房子裡。

虞因站在客廳，看見了上次那張全家福的相片，然後他終於想起來哪裡奇怪了。「請問妳先生呢？」他似乎沒見過這個家的男主人，就算是晚上，家裡也只有張美寧一人。

「我先生在內地出差。」用這個答案回答他，在機械聲停止後，她端著一杯果汁走出來。

「……妳的小孩現在幾年級了？」看著橙色的果汁放在眼前，虞因小心翼翼地詢問著。

「三年級，怎麼了嗎？」

「沒有，突然想到我弟今年也三年級了，明年可能就要上大學了。」閒聊般說著，虞因拿起果汁喝了一口，然後皺起眉頭。

果汁裡面有一種味道，那味道就像他之前在嚴司家喝到的……那座水塔的某種氣味。

「如果我的小孩還在，明年就上大學了。」看著牆上的相片，張美寧的笑意更加深刻了，「眞是個好孩子，不用我操心就在升學班……」

差點把果汁吐出來，虞因正想回頭時，看見果汁的杯底有個褐色像是毛的東西浮起來，靜靜地貼在杯面上。「果汁裡面爲什麼會有毛？」放下杯子，虞因連忙站起身。

他感覺到整個房子的氣溫好似突然下降，背脊猛地冰冷起來。

張美寧轉過頭瞪著他，臉上的笑容有一瞬間像是扭曲了一樣。

「因爲那隻狗實在是太吵了，我只好把牠放進果汁機裡，讓牠永遠不會再叫。」

然後，虞因只感到有個聲響從後面傳來，他甚至來不及反應，某種重物便直接砸在他的頭上。下一秒，他整個人一暈，就這樣軟倒在地上。

模模糊糊之際，他似乎聽見女人的聲音在旁邊細細地，不曉得在說著什麼話，接著有人拿著東西又往他頭上重重敲了一下，他就什麼都聽不到了。

四周響起了雨聲。

不知道是哪裡的窗外下起雨，聲音貼在窗戶上，幽幽地像是要將人的靈魂都帶走。

在一陣寂靜之後，他聽見了喧鬧的聲音。

濕冷的雨水貼在他的臉頰邊。

男性與女性大喊大吼的聲音，冰冷的雨水像是被驚擾一樣，不停不停地墜落到地面上，高低地敲出了漣漪，但是無論雨有多大，都無法掩去刺耳的聲音，它就像穿透世界的一把利刃，將一切都變得血肉模糊。

他們不停吵鬧、破壞，那些聲音像是尖刺一樣，不停地竄入了聽覺、身體，還有記憶當中，無數次接收到的都是如此。

雨勢很大，大得像是永遠都不會停止，像是那些事物對他的傷害永遠不會止息。

這不是他的記憶，但是卻片片斷斷地在他身邊上演。

好幾個人包圍住他，然後踢著打著，嘴裡喊著模糊不清且不堪入耳的話。

他無法知道那些人是誰，也看不到了。

隔著黑暗和雨，他只知道一件事情——

「他們的眼睛是彩色的……彩色的眼睛……」

「先前校園暴力事件那個死者的母親叫作張美寧，在同一所高中任職義工。」

快步跟上虞夏的腳步，虞佟唸著手上的資料：「丈夫在兩年前外遇，目前在北部就職沒有回來，根據資料只有母子一起生活，就連小孩過世那天，丈夫也沒有回來。檔案上記載，她兒子被發現送院後一度清醒，唯一的話就是『眼睛是彩色的』，之後就沒有再清醒過了，直到現在都還無法確認凶手身分。」

「那個張美寧就是抓走學生的人，大駱那群人就是動手的人。」抓平了自己的頭髮，虞夏轉到置物櫃，快速地把衣物都給換過，接著配上了槍，「何旺宏提過他們曾鬧出人命，先前他們都戴著彩色隱形眼鏡，時間一致，這些學生平常受傷去保健室或是保健室的人接近他們都不稀奇，所以沒有人會注意到她。」

「……等等，那另外的女孩子和小聿根本沒關係吧，為什麼她會殺死那個女孩？」虞佟突然止住腳步。

虞夏轉過身看他：「小聿？」

猛然想起來他們都沒有告訴虞夏這件事，知道自己失口的虞佟嘆了口氣，把這兩天的事情挑了些比較重要的告訴雙生兄弟。

聽完後，虞夏整個眉頭都皺起來了，「這麼重要的事情你們居然沒告訴我？」

「我們不確定小聿是不是眞的在張美寧手上，畢竟他們沒有交集，很有可能他只是離開我們家……別忘了小聿做過這種事。」提醒眼前的兄弟，虞佟告訴他先前小聿也曾離家過，而且就在不久前。

站在原地，虞夏偏頭想了半晌，「阿因呢？」

「嗯？這時間應該在學校吧？」

「打電話給他。」感覺不太對勁的虞夏這樣說，「我突然覺得那小子這陣子太安分了。」根據往例，每次發生事情，阿因都會跳出來，接著會看到他們看不見的東西到處亂跑，但是這次沒有。

被這樣一提醒，虞佟立刻知道對方心中在想什麼，除了那個娃娃之外，他最近的確也沒聽見自己的小孩有在關注什麼事情……也有可能不是這回事。

「喔，難得看見老大你這個時間在這裡耶。」就在兩個長相一樣的人陷入沉默的同時，拿著報告四處亂走的嚴司從門口冒了出來。

「你來得剛好！」在自家兄長撥手機時，虞夏一個箭步過去揪住嚴司的領子，「阿因最近是不是有跑去找你看屍體還是看相片……頭不要轉開！給我說實話！」

本來想敷衍過去的嚴司注意到兩兄弟的表情都不太對勁，然後搔搔頭，「有啦，他來看過那個女學生的屍體相片，說最近常常看到她，而且還傳了靈異照片給玖深小弟，有拍到那個東西的影子；另外就是在白車撞死人那件案子裡面，阿因好像也看到啥東西，不過他沒有明講。」

虞夏和虞佟對看了一眼，兩個人心中想的都是同一件事情。

「怎麼了？」看著他們如出一轍的表情和動作，嚴司詢問著。

伸出手掌讓他們兩個都安靜，虞佟在手機響了好一陣子之後，終於聽見電話接通的聲音，「阿因？你現在在哪邊？」

手機另一端起碼持續了幾秒的寧靜，接著是被人掛斷傳來的聲響。

虞佟收起了手機，「阿因的手機不在他手上。」根據經驗，通話被掛斷代表手機的主人出事了。

「那小子一定是自己跑去找張美寧了，我馬上過去，佟，你立刻把這件事告訴其他人，還有張美寧肯定有幫手，否則她不可能一邊開車一邊把屍體丟出去的！」話說完，虞夏很快地衝出門，到了門邊又回頭看了虞佟一眼，「保健室醫生也姓張，查他們的關係！」

看著說完話就消失在走廊的背影，嚴司回過頭，見到雙胞胎兄弟的另一個正在打緊急電話要其他人往張美寧的住處趕去。「玖深那邊有新的檢驗報告出來喔。」揮揮手上自己帶來的東西，嚴司說著：「白車上面什麼也沒找到，但是那個白車主人的ＤＮＡ經過初步檢驗，發現和我們在四樓找到的不明人士一樣。」

虞佟愣了一下，轉過去看他：「他是那個人？」沒想到白車主人會和四樓的事情扯上關係，他連忙走過去，接下資料仔細看過一遍。

「我前室友也嚇了一跳，沒想到會這麼剛好耶，聽說玖深本來是比對好玩的，沒想到跟建檔完全吻合，另外白車上面那些紙箱裡都有微量的……嗯，毒品反應，照這樣子看來，車子應該是他平常交易時用的，現在已經扣留了。」把話帶到之後，嚴司環著手看他，「意外的收穫吧！」

「的確讓人意外。」讀著報告，虞佟呼了口氣，他們都沒想過查個失蹤案可以查一圈轉回手上的另一件案子，實在是讓人太意外了。

「再讓你多意外一點，我把小聿他家的案子跟四樓那件比對之後，他們的巧合處太多了，除了家裡裝潢相似、有神壇之外，都是嗑藥嗑到精神失常殺全家，沒找到的那玩意是吸入性的毒物，小聿父母的屍體中呼吸系統都有受損，其中面部神經系統有長期性傷害……一定有臉部神經失調，和一些感官受損，四樓的因爲屍體已經遭到破壞，所以我去了一趟收容唯一活口的地方，倖存的那個小孩也有類似症狀，但是非常輕微。」

頓了頓，嚴司繼續說：「我那個前室友推測他們兩家一定是長時間使用薰香，那個香在燃燒之後會釋放吸入性毒物造成上癮，時間久了大概會造成幻覺、興奮等影響。所以四樓那家的小孩才會非常躁動，同時也影響了大人，但是目前我們手上並沒有證物可以檢驗，只是暫時性的猜測。」

之後虞因撥了一通電話給他們，證實了黎子泓的想法，雖然知道香是小聿拿走的，但是出於某些顧慮，所以嚴司選擇先不將這些告訴他們。

「白車那傢伙的住處也有神壇，如果可以從他那邊拿到一點香，就能知道是怎麼回事了。」補上了這一句，嚴司看著眼前若有所思的人。

「……小聿身上沒有你所說的那種影響。」虞佟想著與他初遇的情形，「因爲我們在父母身上檢查出毒物反應，所以除了對屍體做詳細檢驗之外，也檢測了小聿，不過他身上並沒有任何毒物反應，如果照你們推測是香的問題，那爲什麼……？」

他突然想起來了。

一開始，他們發現少荻聿時，他是被人反鎖在浴室裡面。

如果長時間下來小聿的身上都沒有任何毒物反應，他只能想到一種答案。

四樓的父母對小孩有暴力行爲，如果他們使用的是同一種香，同樣的事情投射到小聿的家裡，失控之後的家庭會發生什麼事？

浴室的空氣是流通的，所以就算有香飄進去，也會立刻被排掉——

他們將自己的小孩長期鎖在浴室裡面。

□

水聲不斷地在狹小的空間中迴盪。

他在黑暗裡已經待了很久很久的時間，一開始還會覺得肚子餓，到現在全身都在發痛，缺乏任何食物和飲水造成了整個身體沉重和思緒的混亂，只要稍微清醒過來，他就感到身體裡像是有火焰在燃燒一樣痛苦。

然後，開門的聲音響起。

黑暗中聽覺特別敏銳，他只能模糊地看到黑色的東西被丟到自己面前，然後是重物落地的聲響，以及黏稠的水聲濺起。

這裡充滿了血腥的味道和死亡的氣息。

轟轟的機械聲自他進來之後一直運轉到現在，悶熱的空氣讓這個地方更加令人窒息。

小小的燈光被人扭開，那一瞬間，他看到一個女孩倒在他的身旁，面向他的臉已經扭曲蒼白、毫無血色，被剪刀剪開的喉嚨不斷地冒出血水，浸染到他身上。

「只剩下兩個人。」

張美寧的聲音在他的上方響起，然後滴著血的剪刀出現在他的視線裡面：「剩下最後兩個人了，這樣我的孩子就可以瞑目了，你們這些凶手。」

提不起任何力氣轉身，躺在地上的小聿有點痛苦地眨了眨眼睛，試圖想適應燈光，但是他也只能看見眼前的屍體那睜大的眼睛中倒映出自己的影子。

她才剛死不久。

幾乎能想見女孩被剪斷血管時所做的掙扎，小聿無力地想揮去腦袋中那些影像。

倒在地上的屍體和他一樣被緊縛著雙手、用膠帶貼著嘴巴，無法掙扎也無法發出哀嚎，她死前一定也只能徒勞無功地扭曲身體，卻無法擺脫死亡的陰影。

那天跟方苡薰分手之後，他原想立刻回去找虞因把事情說清楚，但是沒想到會遇到張美寧。在對方的堅持下，以他的手傷要換藥爲藉口將他帶回家，然後他就被綁在這邊，不知道躺了多久。

這個地方到處都是血。

乾涸的血跡、濃稠的血跡，以及那種商業用的大型冷藏櫃。

看著屍體，小聿的腦袋突然清晰起來。

他可能再過不久也會這樣被殺死，做不到自己想做的事情了，而且連解釋的機會都沒有，就莫名奇妙地要跟這種他不認識的人一起死掉。

他並不怕死，他面對過死亡也見識過死亡，但是現在他卻不想死。

「你想說什麼嗎？」張美寧在他面前蹲下，露出一種恍惚的微笑：「放心，我會慢慢看著你快死時再幫你結束，就像前面幾個一樣。這個女孩子實在不得我的緣，我只好先讓她去死了。」將手上的剪刀在聿的身上抹了幾下，銀色冷冽的寒光在失去血色後倒映出小燈的光芒，然後她撕下了聿臉上的膠布。

「反正你也說不出話。」

張美寧將剪刀放在旁邊，打開了冷凍櫃。

那一瞬間，聿睜大了眼睛。

他不是沒有猜到冷凍櫃的作用，但是這段時間以來，這是第一次看到冷凍櫃被打開，原本用於藏放食物的機械，被塞著三具屍體，每個屍體的臉上都綁著紅色的布，遮去了死亡的最後那一瞬間。

屍體的關節像是被打斷一樣，以非常不自然的姿勢被冰凍在其中，不曉得爲什麼每具屍體上好像都缺了一部分，有的是手指，有的被挖走一塊肉。

費了很大的力氣，張美寧將地上的屍體給拽起來，塞到冷凍櫃下方的空間裡，然後用腳踹了好幾次，才氣喘吁吁地把屍體踹進去，接著她拿出紅色的布料，將女孩的屍體像上面三具一樣綁住臉，最後才關上了冷凍櫃的門。

用力喘了好幾口氣，冰冷的冷氣氣息鑽進他的身體之後，小聿清醒起來，注意到門外是像樓梯的地方，看來這邊應該是地下室，所以空氣才會這麼不流通，且連扇窗戶也沒有。

「這個怎麼辦？」

就在小聿想著要怎樣先掙脫掉手上的繩子時，樓梯上方傳來低沉的問語。

「一起關在這裡吧，誰教他知道太多事情了。」張美寧這樣說著，然後從上面走下另一個人。

看見校醫的時候，小聿其實並不太驚訝，但是看見校醫將身上那個人丟在自己旁邊，躺在剛剛那個女孩留下的血泊之後，他的眼睛瞪大了。

「你下手太重了。」張美寧蹲下身，檢視著虞因頭上的傷口。

「既然都要死了，不用管什麼重不重的。」雖然這樣說，不過校醫的臉還是糾結了起來，「這樣好嗎……這一個是不相干的人……？」

「現在也沒辦法再讓他回去了，這孩子已經起疑了，不相干的也得殺。」站起身，張美寧從冷凍櫃旁拿出一小包香，取出香枝點燃，然後插在冷凍櫃旁，甘甜的香氣一下子瀰漫在整個狹小的空間裡：「這些人都是要隨我兒子陪葬的，不然我兒子一個人太寂寞了。」

那個香味再度讓小聿不敢置信地回過神來，這是他們正在追的味道。

「妳要小心點，前兩天妳還偷了那輛白車去撞死小孩……雖然之後是我幫妳去處理，不過我看警察遲早會懷疑到我們身上，報完仇之後，我們父女就一起回老家吧，好不好？」低低的聲音，老校醫這樣勸說著。

「等該死的人都死完，我會一起回去的。」露出微笑，張美寧點了點頭。

聽著他們對話，小聿猛然一怔，橫躺在他旁邊的人無聲無息地睜開眼睛，在最初的痛苦之下，一樣露出了訝異的神情看著他，最後變成某種了然的神色。

沒有注意到虞因醒過來的父女低聲地又說了幾句話，然後一起走出地下室，關門聲隨即隔絕了門內門外。

昏暗的燈光閃爍著。

□

虞因發出了模模糊糊的呻吟。

腦袋上被重重敲了兩下的傷口還在流血，他一睜開眼就感到頭暈目眩，渾身發軟到即使沒有被捆起來也很難動彈。

躺在旁邊的小聿終於露出一種恐懼和擔心的神色，然後虞因笑了，之後又痛得齜牙咧嘴。

該怎麼說呢，他好像感受到某方面的勝利，所以他現在的心情就是一個「爽」字可以形容，腦殼差點被打爆反而也不是那麼重要了。

紫色的眼睛用一種抱怨的神情瞪著他，好像是在說這種時候他還笑得出來。

「唔……原來就在她家地下室……」才說了幾個字，虞因就感到暈眩和嘔吐感湧上來，他閉上眼睛又躺了一小段時間，才捱過那種難受的不適。

再度睜眼時，他試著移動手指撿起被扔在地上的剪刀，忍著痛楚挑掉小聿手上的繩子。

小聿的情況比他好很多，看起來就是餓了兩天的樣子，至少沒有被打破頭，這點讓虞因稍微放下心來，他還眞的怕來不及，最後只能找到屍體。

他最不希望的就是看到自己認識的人在另一個世界。

手上的繩子一鬆開，小聿立刻接過剪刀，把腳上的繩子也剪了，接著扔開殺過人的凶器，馬上湊過去檢查虞因頭上的傷勢。他看到一整片的血肉模糊，不過幸好校醫並不想打死他，只是傷口看起來比較嚴重，但是暫時不會危及生命。

不過如果在這種環境多待，他知道虞因一定會比自己更早到另一個世界去，何況這麼骯髒的地下室有立即感染暴斃的可能性。

他們不能久待。

「我口袋裡好像有糖果……」虞因閉上眼睛，慶幸還好自己算貪吃。

從他口袋裡摸出兩顆包裝已經浸染血液的糖，小聿塞進嘴裡之後，等待身體稍微恢復力氣才站起身，再度撿起那把剪刀，擦拭之後放在自己身上。

躺在地上撐著不讓自己昏過去的同時，虞因聽見很多悶哭聲和嚎叫從旁邊的冷凍櫃傳來，有男有女，從內部拍打著冷凍櫃的聲音也逐漸增大。

顯然也聽見這聲音的小聿打開了冷凍櫃，裡面的屍體依然扭曲。

「把紅布拿掉……」勉強看了一眼，虞因這樣告訴他，不過他也不知道會發生什麼事，因爲被殺的這些人生前也不是啥好人，他根本不指望能幫上什麼忙。

但是他隱約有種感覺，這些傢伙之所以一直徘徊不去，很可能是張美寧死掉的那個兒子幹的好事，那張白色的臉帶著憎恨，在車子撞死高中生之後還前往復仇。

他們母子都帶著一樣的恨意在報復這些人。

一一解開屍體上的紅布，有那麼一瞬間，小聿感覺到好幾個冰冷的東西從他左右撞過，最後消失在樓梯的入口處，整個地下室捲起了強烈冰冷的風。

在紅布之後的屍體同樣都是一臉驚駭扭曲，可想而知凶手必定不怎麼仁慈。

就在東西衝走後沒多久，他們就聽到上方傳來非常吵鬧的聲音，有很多人撞了房子的門，在上面造成了巨大的聲響。

很快地，地下室的門被打開來，第一個衝進來的校醫看見已經掙脫繩子的小聿，露出相當吃驚的神色，不過他快了一步，把地上的虞因給拽起來，然後將水果刀架在虞因身上，「過來！快點！」嚴厲的聲音讓小聿暫時停下了動作，接著張美寧也衝下來，臉上已經沒有那種淡然的微笑，而是情緒失控扭曲後的猙獰。

力氣還未完全恢復過來的聿，在菜刀抵上他脖子時並沒有反抗，就讓張美寧拽著他走上樓，後面跟著校醫和虞因。

整個房子迴盪著巨響。

下一秒，門被完全撞開來，立刻就看見他們的虞夏抽出槍枝，「警察！把人放下來！否則我就開槍了！」

「阿因！」跟在虞夏後面的，是不太放心而跟過來的一太和幾個大學生，看見屋裡的狀況後，他們並沒有逼近。

「走開，否則就殺死他。」張美寧鎮靜地說著，菜刀壓在小聿的脖子上，劃出了血痕。

虞夏瞇起眼睛，微微往後退開，但是手上的槍並沒有放下。

「爸，快去開車。」

老校醫點了一下頭，拽著虞因往後門退出去。

在虞因被往後拉的同時，他看見好幾個模糊的人影撲上張美寧的背後，淒厲的尖叫聲從那些東西黑色的喉嚨裡發出來，他們的手揪住了她的頭髮，她的身體被往後扯動。

張美寧頓了一下，手上的菜刀猛地鬆開，抓緊這個機會，小聿拔出剪刀就往身後刺下去，然後他聽見慘叫聲從他耳邊爆開來。

「美寧！」老校醫發出哀嚎，手上已離開虞因一點距離的水果刀突然飛出，落在後門外。

做了點射的虞夏快步衝上前，踢開了地上的刀，然後拉過小聿往一太他們的方向推過去，接著快速制住了腹部受創的婦人。

咬著牙把虞因往門外推出去，老校醫跳出來之後，撿起了被打飛的水果刀，將刀尖抵在虞因的脖子上：「快點放開我女兒！不然我就讓他跟我女兒一起死！」

被推出去還摔撞在地上的虞因眞是差點痛暈過去，腦袋一黑的瞬間，他感到自己撞上一個冰冷的東西，然後是不屬於他的記憶突然從腦袋裡面爆出來。

「他」在毆打一個女孩子，然後將那女孩塞進一個紙箱裡，埋到泥土裡。

只是短短一瞬間的畫面閃過，接著冰冷的刀尖就抵住他的喉嚨，彷彿可以當場就讓他下去下面了。

在虞夏還未做出反應時，校醫突然整個人往後摔去，刀尖離開虞因的脖子。

從虞因的視線中，他看見了一個小孩從角落衝出來撲倒老校醫，蒼白的小小身體被光線透過，在老校醫倒地之後，那張同樣白的小臉露出了頑皮的笑容，然後跟著那小孩的兄弟發出笑聲，繞著虞因跑了兩圈之後，消失在圍牆的另一端。

老校醫再也沒有第二次機會了。

幾個大學生撲上來，把他牢牢地壓在地上。

警笛聲很快便傳來，接著衝入幾名裝備好的員警，很快就把混亂的現場完全控制住。

覺得自己差不多進入彌留狀態的虞因滿眼都是金星和黑色，只聽到四周全是人在講話和嗡嗡響的聲音，大概是救護車來了，他感到有幾個人在他身上摸來摸去，然後就被抬起來。

不曉得是從哪邊傳來的驚呼聲，有個東西撲到他身旁，所以虞因再度勉強地半睜開眼睛，看見哭得稀里嘩啦的小聿靠在他旁邊，背景則是救護車內部。

他看見小聿的手上都是血，另一台救護車停在另一邊。

「又不是沒有被打破頭過……」覺得應該要安慰一下，虞因擠出以上這句話，旁邊的救護人員連忙幫他做止血動作，還要他不要再講了，順手塞了個氧氣罩在他臉上。

小聿的眼淚掉得更兇了，然後他眨了幾次眼睛，張開嘴巴。

雖然很細小，不過虞因聽見了。

「阿因、阿因……」微弱的聲音從紫眼的人嘴裡傳出來，在一整片喧鬧聲中特別清楚。

他今天有種二度心情很爽的感覺。

媽的，要是知道這樣就可以逼他講話，再多被敲兩次都值得。

不過他還是有意見。

「給我叫哥……沒禮貌……」

他的記憶就停留在自己軟軟地抬起手敲在小聿的頭上爲止了。

虞因陷入完全的黑暗中。

□

拉起黃線後，好幾名員警將試圖衝進去的記者攔在外面。

地下室的機械依舊運轉著。

「這些都是死於失血過多。」在鑑證紀錄過後，嚴司一一檢視著從冷凍櫃中被起出放在地上的屍體，「你看，都是在脖子剪上一刀，所以造成大量失血死亡，不過在死前應該被關了很久，身體都有脫水和營養失衡的症狀。看來曾被拷問虐待，身上還有幾處嚴重傷勢，但不是致命傷口。」他看著蜷曲的人體，然後試圖找出其他痕跡。

「……這是茵茵。」看著最新的女屍，虞夏這樣說著。

難怪大駱找不到人，因爲她已經在這邊了。

看到認識的人，虞夏不免有點遺憾，就在不久前，他還目睹茵茵咬著自己的零食和香菸在屋裡走來走去，只是隔了短短的時間，她就再也不會說話，也不會再去點燃那些香菸了。

但是想一想，如果先前他們沒有察覺到，現在躺在這裡的應該還有虞因和聿。

一想到這件事，虞夏也覺得背脊一陣寒意。

「嘛，這樣說來老大你們的案子也算破了，你就不用再來當高中生啦。」哼著小曲，嚴司還是覺得有點可惜，所以他轉過頭想再商量一下：「老大，你讓我拍張紀念照吧，你穿高中生制服還滿好看的耶。」

虞夏從他屁股踢下去算是回答。

「你們在下面玩什麼啊？」從樓上下來的虞佟剛好看見自家弟弟踢人屁股這一幕。

差點往前和屍體作親密接觸的嚴司連忙穩住自己的身體，再幾公分他就眞的對著屍體下去了。

「我剛剛從校醫那邊取得口供，小聿是他們抓錯的，因爲張美寧看見小聿和夏還有一個大駱的人混在一起，誤以爲他也是其中一個。」

「難怪她第一次見到小聿時會直直盯著他眼睛看。」虞夏點點頭，表示了解。

「另外從樓上找到半顆頭，已經爛得差不多了，用塑膠袋包了好幾層藏在天花板裡，同樣用紅色的布綁著。所以，阿司這個可能也要再麻煩你了。」告訴他們這件事情，虞佟沒講的是那半顆頭是玖深一邊哀嚎一邊弄出來的。

嚴司抬了下手，表示沒有問題。

「有說爲什麼殺她嗎？」虞夏轉過去問，自始至終他們都搞不清楚爲什麼這個女孩也有份，明明她和大駱完全沒有關係，根據親人和朋友的供詞，她也不戴隱形眼鏡，張美寧沒有任何理由殺她。

虞佟搖搖頭，如果張美寧他們不說，這很可能就會是個永遠的謎。

「阿因跟小聿到醫院了嗎？」表露出關心的心意，虞夏實在很想去敲自家小孩的頭，已經跟他講過幾次不要以身涉險，結果卻越來越嚴重，到底是怎麼樣？

「小聿沒事，只是被關幾天有點虛弱，阿因正在手術，可能要住院觀察幾天。」也是剛剛才收到同僚打來的電話，虞佟嘆了一口氣，「不過奇怪的是，阿因一路上好像說了些話，要救護人員轉告我們。」

「啥？」

「他說那個娃娃的主人，一個女孩子被埋在地下，人應該還活著，快點去救她。」對這件事感到比較憂心的虞佟說著。

「大駱的確要茵茵處理掉一個女生，但是我們問不出地點，現在也沒辦法問了。」看著地上的屍體，她已經把祕密帶到沒有人問得到的地方，「如果他們眞的把人給埋起來，我們也沒有辦法找到。」

他感到無力。

「完全沒有一點線索嗎？」虞佟不安地詢問著。

虞夏搖搖頭，「只知道應該不會太遠，因爲茵茵都在附近活動，如果眞的把人處理掉，只能確定不會離這邊太遠。」

「我立刻去申請全面性搜索。」知道時間緊迫，虞佟很快地上了一樓。

想了幾秒鐘，虞夏快手快腳把身上的配件全都卸下，交給旁邊的同事，「阿司，這邊交給你了。」

嚴司看了他一眼，「放心吧，老大。」

「嗯。」

走上樓去，虞夏繞開了全都是記者的前門，在同僚的掩護下由後門離開。

他走向大駱他們的小房子。

五分鐘後，他進入空盪的屋子裡，像是知道他會來一樣，大駱和凱倫已經在裡面了。

一看見他進來，凱倫暗暗地搖了一下頭，然後才開口：「阿旺被警察帶走，他在賣貨時被抓了。」

注意到凱倫神色不對，虞夏知道自己大概也破局了。

大駱陰冷地看著他，「該死的警察！」

「如果不是看到你持槍進去張美寧她家，我們還眞的覺得你是同伴。」凱倫算是半暗示著這樣繼續說著，「阿夏，你快滾吧。」

「先告訴我茵茵把人埋在哪裡。」盯著大駱，虞夏的語氣也強硬了起來。

「那個婊子捲了我的錢——」

「茵茵死了，跟你們其他的同伴一樣，屍體全部都在張美寧家裡的地下室，她埋的那個女孩子到底在哪裡！」打斷了大駱的話，虞夏逼問著。

這次，反而是大駱笑了起來，「幹，你以爲我會說嗎！」

房子四周出現了幾條陰影，虞夏注意到是大駱的人，有些之前在群毆時見過一面，看來大駱可能也不會讓自己太好過。

「那個女的拿了我的東西，埋了算便宜她！」陰狠地說著，完全不打算透露消息的大駱發出了不善的語氣，「去找吧，你們這些警察不是最喜歡找東西嗎！如果你今天走得出去，就慢慢去找！」

「你想要的是這個嗎？」

不同於虞夏的纖細聲音從後面傳來，抱著一個長條黑色包包的方苡薰走了進來，大駱看見她手上的東西之後，表情也隨之一變，「我學姊人到底在哪裡！這東西你要就拿去，把我學姊還來！」

「方苡薰。」認識她的大駱噴了一聲，「我跟妳井水不犯河水，妳東西拿過來，大家都互讓一步。」

「毛狗回來了。」方苡薰說出了完全不相干的話題，看了他一眼：「一些他的人也跟著回來了，大學裡面有人打電話聯絡上他，這次大學的人會幫毛狗，你最好把我學姊交出來，我才會給你這東西，不然我會找毛狗一起對付你。」

「那傢伙……」大駱發出低低的怒吼，「好，妳拿來，我告訴妳！」

「別給他。」虞夏拉著女孩的手臂。

方苡薰看了他一眼，然後勾了笑容就繼續往前走，直到把手上的包包放在大駱手上。

打開了黑色包包，裡面是個穿著藍色衣服的精緻人偶，大駱露出了滿意的笑容，「沒錯，就是這個該死的娃娃。」將娃娃從袋子裡面抽出來，下一秒突然將東西砸在地上，然後重重地將人偶搗爛破壞。

別開了臉，方苡薰用力握緊拳頭。

在人偶被破壞後，從裡面掉出一個隨身碟。

拾起隨身碟，大駱遞給旁邊的凱倫，「毀掉。」

接過隨身碟，凱倫掙扎了一下，不過還是將隨身碟破壞掉了。

「我學姊呢！」不忍再去看地上破碎的人偶，方苡薰立刻詢問著。

大駱發出了殘忍的笑聲：「我哪知道！茵茵從來沒講過她把那個女的給怎麼了！我現在才知道她把那個女的給埋了！」

「你可惡！」方苡薰一個箭步衝上去想揍眼前這個人，旁邊的凱倫立刻將人給擋下來，虞夏也立即上前去將她往後拉走。

就在方苡薰動作時，外面的五、六個人已經進來圍住他們了。

「大駱，不要跟警察動手。」凱倫看了他們一眼，這樣說著：「你要去王老大那邊，不要再把警察拖過去。」

大駱狠瞪了凱倫一眼，然後轉頭走出屋外。

「走吧！」最後看了虞夏一眼，在擦身而過的時候，凱倫在虞夏手裡塞了張小小的紙條，然後刻意放大了聲音：「快點去找到那個女生，不要在這裡浪費時間了。」

在他們兩個都離開後，大駱的打手才全都退出屋子。

原本要衝上去的方苡薰忍住了，眼睜睜地看著那一票人發出令人厭惡的聲音，消失在街道另一頭。

從地上撿起那個沒有被踩到，僅只撞出點擦傷的娃娃頭，虞夏遞還給方苡薰。在接過那個小小的頭顱後，方苡薰的淚水終於溢出眼眶。

「我學姊很崇拜那個叫虞夏的警察。」她抬起頭，看著眼前的人，「剪了很多報章雜誌，說她以前是被這個警察救出來的，她只敢偷偷寫信給他。」

無言地拍了拍方苡薰的肩膀，虞夏四下走了一圈，什麼也沒有發現，就在他想放棄這裡再去尋找時，他突然注意到老舊沙發的下面露出一只信封。

那個信封相當樸素，但是他完全認得。

他所收到的匿名信都是用這種信封。

將信封撿起打開後，裡面沒有任何信件，只有幾根草和一點點泥土，草上還沾了一些零星的鐵屑。

虞夏馬上撥了手機。

七小時後，警方在鐵皮屋外圍十公尺的一處小空地挖出了一個紙箱。

紙箱裡面的女孩奄奄一息，被送醫急救。

虞佟把收在客廳的那個黑色長條包拖了出來。

「這是我和學姊一起買的雙子娃娃。」方苡薰打開包包，裡面出現了和被砸掉的娃娃一模一樣的人偶，「大駱看過，所以我想沒辦法用別的娃娃騙過他。」

他們在虞家，黎子泓和虞夏也在旁邊看著她取出娃娃。

俐落地將娃娃拆解之後，方苡薰從裡面拿出一個隨身碟，「要不是把大駱的手下打了一頓，我還眞不曉得他們要找隨身碟，幸好騙到他了。」

黎子泓接過隨身碟之後插上電腦，隨身碟裡只有一個視訊檔案。

點開檔案之後，先傳來的是吵雜聲，接著是劇烈搖晃的畫面，但是仍可以看清楚畫面上顯示的是什麼。那裡有好幾個人，男女都有，他們正大笑著踢打地上一個男孩，而四周還下著雨。

「幹，茵茵妳拍這個幹嘛！」有人在鏡頭前面比了ＹＡ。

「紀念啊……」

「白癡喔！」

鏡頭對著地上的男孩，原本激烈掙扎的男孩慢慢地頹弱了下來，在一群人發狂般毆打的動作下，逐漸地只能轉成無力的抽搐。

「幹，不會死了吧？」終於有人發現男孩沒有任何動作。

接著，畫面上出現了安合和其他人的身影，他們探著男孩的鼻息，「還活著，快閃，他家就在附近而已，閃了閃了！」

「要叫救護車嗎？」何旺宏的聲音有點猶豫。

「幹，你白癡喔！」

幾個高中生轟然地散走了。

在茵茵關機前，畫面左右閃動著，盯著同一畫面的虞佟，看見了在搖晃影像中的巷子底出現另一個女孩的身影。

「死掉的那個沒關係的女孩。」黎子泓也看見她了，這樣說著，「她看見兇手，張美寧抓她大概是因爲從她口中得知她目擊這事，進而從她嘴裡逼問出有哪些人。」

「所以她認爲這個女生沒有告訴警方也是同罪。」虞佟嘆了一口氣。

在視訊檔播完後，方苡薰將娃娃抱出來，「奇怪了……你們有把娃娃拿出來嗎？」

「怎麼了？」虞夏轉過去看她。

「鞋子好髒。」拿起人偶，方苡薰抬著娃娃的腿，所有人都看見穿著鞋子的小腳上沾滿了泥土和草，而娃娃的手上也有著髒污的痕跡。

幾個人面面相覷，無法解釋。

「隨身碟就交給你們了，我把娃娃帶回去給學姊，她一定會很高興的。」將娃娃稍微清理過後，方苡薰這樣說著，「她很疼這個娃娃……幸好我的娃頭只有一點點裂開，存夠錢之後我會再幫它買一個新的身體。」

「關於這一點，因爲是要幫我們才被破壞的，如果妳不介意的話，費用請讓我來出。」虞佟看著女孩珍惜娃娃的樣子，這樣說著。

方苡薰搖搖頭，「不用了，我會用我自己的錢再帶它回家。」

「請幫我祝妳學姊早日康復，這兩天我會正式去探訪的。」虞夏如此告訴她，「也會正式去請問她的名字、聽她想說什麼。」

「嗯，我學姊一定會很高興。」方苡薰露出微笑，「她一直當你是偶像。」

「我認爲應該好好教育她，不要跟阿因一樣多管閒事攪入事情裡，最好是當面跟本人說。」深深如此認爲的虞夏，想著要怎樣說教才能再次避免不相干的人涉入危機。

方苡薰對著該死的娃娃臉翻了白眼。

「……你不能浪漫一點嗎！」

媽的，學姊怎麼會喜歡這種人啊！

□

他在黑暗中看見了相同的景色。

時間似乎倒轉到他在圖書館前面對著那一大片玻璃，在那片玻璃的另一邊有著許多人，有男有女、有老有少。

但是他們沒有胖瘦、沒有顏色，就像在看皮影戲般，所有人都貼在那裡，像層紙或是什麼物質，黑色的影子睜開了無數的眼睛，沒有任何感情。

然後在那群人裡面，有個少了一半頭顱的女孩在對他招手，不知不覺地他移動了腳步往前走。他感到好奇，想接近點看看這些東西，但是在靠近女孩之前，他先被一團東西給往後撞回去了。

兩個小孩在下面拚命朝他搖頭，然後推著他頻頻後退。

所以，虞因就這樣醒來了。

那時是案子結束之後的第三天，他醒來時只看見小聿在旁邊的家屬看護小床上蜷著身體看書，一見他清醒了，小聿連忙跑去按了護士鈴。

醒來後不到十分鐘，虞因從鏡子裡看見自己被剃了個大光頭，頭上還包著紗布。

「你還在觀察期喔，不可以亂動。」進來幫他做檢查的醫生這樣說著，對於術後沒有感染感覺挺滿意的，順口又交代了一些事情。

目送醫生離去後，整個房間恢復了安靜。

虞因花了三分鐘來哀嘆他被剃光的頭，然後轉過視線，看見小聿站在他的床邊，有點手忙腳亂地在準備流質食物。於是他想起來了，被拖上救護車後的事情，「欸欸，再叫兩聲來聽聽。」露出了垂涎的笑容，他用誘拐的語氣說著，只是話一出口聲音卻出乎意外地微弱，連自己都覺得虛弱得像是蚊子叫。

紫色的眼睛光看著他，小聿露出一種接近埋怨的表情。

「我有聽到你開口喔，再裝就不像了。」對這件事感到很得意，虞因嘿嘿地笑了幾聲，「快點，快點。」

嘆了一口氣，小聿在旁邊的椅子坐下來，然後偏頭看著他。

「算了，不勉強你了，據說你以前也是這樣很自閉……真是的，重傷患就是要有鼓勵才會恢復得比較快嘛……」虞因癟著臉，抱怨地說著。

「……夏爸說……會來揍你……」

淡淡的聲音斷斷續續從虞因旁邊傳來，讓他差點從床上彈起來，「哇靠！又是我的錯嗎！」被敲破頭的人是他吧！

小聿點點頭。

虞因發出了哀嚎聲。

這次他眞的是無辜的啊……

張了張嘴巴，小聿皺了皺眉，還是取來筆記本。

快了他一步，虞因直接把筆記本給抽走，然後壓在自己的枕頭下面，「管你以後要跟誰用寫的，以後找我講話只准用講的！」特權、特權，他要幫自己爭取到特權。

看著眼前的人，小聿眞拿他沒辦法，只能點點頭，然後拿起手上的食物遞過去。

當然不可能要人家餵他的虞因在協助之後半坐起來，有一下沒一下地撈著已經和稀釋漿糊差不多的米粥，「對了，後來張美寧那件事情怎麼了？」

五分鐘後，聿依然緊閉著嘴。

「……你這個死蚌殼。」

沒關係，他有的是辦法讓他開口。

□

虞夏看著眼前的婦人。

小聿那天對她的攻擊造成了些許傷害，但是僅從皮膚上擦過，並沒有致命的危險，所以傷勢處理完畢之後，便按照程序開始訊問、起訴了。

「聽說妳在法庭上完全沒有悔過的意思。」看著她，虞夏有點疑惑，「一般來說，法官會視妳的狀況量刑。」

「我沒有必要悔過。」張美寧露出淡淡的笑容，「我完全不後悔，即使再來一次，我照樣會把那些垃圾都殺了，我現在只後悔我的手腳不夠快，還有幾個漏掉了。」

看著她，虞夏搖搖頭，「妳的孩子死掉妳會悲傷，但是妳殺了別人的孩子，那些人的父母就不會難過嗎？」

「我失去兒子那一天，警方說有可能是校園暴力，也找到了幾個可能的小孩，但是卻因爲我兒子淋了一整晚的雨而沒有證據了；那些人的父母只會說不可能是他們家的小孩。」頓了頓，張美寧像是陷入自己的思緒當中，「父母以子女爲責，如果想要下一代，就必須負起教育新社會的責任。如果小孩不是自己想要的，又何必讓他們出生？我用盡心力培育我的孩子上學、進入資優班，禮貌、聰明，做母親該給的我也全都給了，但是他只是因爲被別人的小孩看不順眼，就讓那些小孩毆打致死，請問我的小孩出生到這個世界上來，就是爲了要被那些父母不負責任、不對自己負責的小孩殺死的嗎？」

「你可能會說我做的事情和他們沒什麼兩樣，這點我承認。他們不懂別人失去的痛苦，只會說自己很遺憾，那爲什麼我就不能讓他們也體會失去時有多麼痛苦，像世界都崩塌般，我也可以告訴他們我很遺憾，因爲我也是看他們小孩不順眼，所以決定讓他們也死一死。」

正眼看向虞夏，張美寧露出一種近乎輕鬆的笑容，「所以我不後悔，隨便法官要怎麼判，但是他最好是判我永遠出不來，只要我有出來的那一天，我會再去找出剩下的人，讓他們爲我兒子償命。」

「直到我死。」

於是，黑色大門在虞夏背後關上了。

他不曉得今天自己來找她是不是正確的，畢竟他們的確也該了解一下對方的心態，但是那又怎樣？

或許連比他們聰明幾百倍的人們，都不知道這個社會再過多久會因爲失去道德和責任心而崩解吧？

五年前的現在，他手上有三件案子；五年後的現在，他的手上有八件案子。

再過五年，會變成怎樣？

而該爲這些負責任的人又有多少？

到時候，除了生命之外，還會再失去些什麼？

虞夏從口袋裡翻出一張紙條，那是之前凱倫塞給他的，後來他也沒有再遇到凱倫了，聽他那時說的話，好像是會再跟著大駱到另一邊去。

看來自己得找時間去了解他們那邊的狀況。

他看著紙條，上面寫著一款線上遊戲、伺服器和角色名。

走了差不多五分鐘的時間，他就近找了一間人不多的網咖，然後在櫃檯買了這款遊戲的點數卡之後，依照操作在同一個伺服器建立起新角色。

將凱倫給予的角色名字輸入，發出信件後，很快便得到了對方的回應。

「我在南部。」黑色的郵件展開後，上面簡短寫著幾句話，「大駱現在和白車主人上面的人走得很近，最近有什麼發現會再告訴你。」

想了一下，虞夏也回了些東西給對方，「白車主人確定和我們另一個案件有關，他承認將香賣給大廈四樓那案件的男女主人，但是小聿他家的案件跟這個人沒有關係，如果你能夠接觸到香，也請再告訴我們。」

「ＯＫ。」

斷訊之後，虞夏退出遊戲，心想把角色丟給阿因或玖深去練一練好了。

電腦切換成黑螢幕時，虞夏看見自己的椅子後面站了個人，面孔有點模糊，看不清楚長相，但是可以確定是個女人。

她穿著高中制服，脖子還流著血，然後抬起手，對著螢幕那端的虞夏慢慢地招著蒼白的手。

冷哼了一聲，虞夏站起身，轉出隔間後，他的後面連一個人也沒有。

付帳走出網咖後，他左右轉了一下，看見了蛋糕店。

先前，虞佟打電話告訴他阿因醒了，現在正在哀哀叫說想吃別的東西……不曉得蛋糕行不行，反正用水沖一沖，沖到爛也算是流質食物了。

一邊想著，他一邊進去蛋糕店包了個六吋的蛋糕出來，走出店門剛好遇上個學校教官。

「同學，你蹺課嗎？」

他沒有當場給那個教官一拳，是因爲今天的心情還算不錯。

出示證件打發掉不長眼睛的教官之後，虞夏往醫院方向走去。看在阿因這次也算努力的份上，就不揍他好了。

然後，他往自己家人的所在邁進。

在虞夏看不見的地方，黑影依舊對他招著手，直至消失在街頭一角。

人們依舊像平日一般生活著，直到下次的事件再度發生。

「下一則新聞將爲您報導，高中生連續失蹤命案——」

《全文完》

【因與聿小劇場】

護玄 繪

結果最後還是爆出了1/4的量

儲備糧食

因為工作時間的關係，玫深習慣囤積大量零食。
夜班→
玫深，有吃的東西嗎？
我櫃子裡有杯麵～
也有巧克力棒
同事
好，我還有別種口味的喔～
巧克力棒我吃掉了喔。
他是一個看人吃飽心情就會很愉快的公認糧倉
點心有新口味呢

不過也有不少贊助者↑

被扁

之前某玄在自家留言板上隨機抽樣
玄
結果發現有三成的人覺得阿因一集沒有被扁很奇怪！
喂
沒禮貌！
噗
所以你果然是一臉欠扁～
綽號沒有取錯
讀者一定是被你洗腦了！

三成覺得他跟人相處很有趣

新面孔（一）

但是認識他之後會覺得他很怪

新面孔（二）

他們就是這樣的人

國家圖書館出版品預行編目資料

失去／護玄 著.——初版.——台北市：
蓋亞文化，2009.04
面； 公分.（因與聿案簿錄：5）
ISBN 978-986-6473-07-4（平裝）

857.83 98004090

悅讀館 RE125

因與聿案簿錄 五

失去

作者／護玄
插畫／AKRU
封面設計／克里斯
出版／蓋亞文化有限公司
地址◎ 台北市103承德路二段75巷35號1樓
電話◎（02）25585438 傳眞◎（02）25585439
部落格◎ gaeabooks.pixnet.net/blog
臉書◎ www.facebook.com/Gaeabooks
電子信箱◎ gaea@gaeabooks.com.tw
投稿信箱◎ editor@gaeabooks.com.tw
郵撥帳號◎ 19769541 戶名：蓋亞文化有限公司
法律顧問／宇達經貿法律事務所
總經銷／聯合發行股份有限公司
地址◎新北市新店區寶橋路235巷6弄6號2樓
電話◎（02）29178022 傳眞◎（02）29156275
港澳地區／一代匯集
地址◎ 九龍旺角塘尾道64號龍駒企業大廈10樓B&D室
電話◎（852）27838102 傳眞◎（852）23960050
初版十三刷／2022年11月
定價／新台幣 240 元
Printed in Taiwan

GAEA
ISBN／978-986-6473-07-4

失去 なくす。

蓋亞文化　讀者迴響

感謝您在茫茫書海中選擇了蓋亞，您的支持是我們最大的動力。
不要缺席喔，讓我們一起乘著夢想的羽翼，穿越時空遨遊天地！

姓名：	性別：□男□女	出生日期：　年　月　日
聯絡電話：	手機：	
學歷：□小學□國中□高中□大學□研究所	職業：	
E-mail：		（請正確填寫）
通訊地址：□□□		
本書購自：　縣市　書店		
何處得知本書消息：□逛書店□親友推薦□DM廣告□網路□雜誌報導		
是否購買過蓋亞其他書籍：□是，書名：		□否，首次購買
購買本書的動機是：□封面很吸引人□書名取得很讚□喜歡作者□價格便宜□其他		
是否參加過蓋亞所舉辦的活動：□有，參加過　場　□無，因爲		
喜歡出版社製作什麼樣的贈品：□書卡□文具用品□衣服□作者簽名□海報□無所謂□其他：		
您對本書的意見：◎內容／□滿意□尙可□待改進　◎編輯／□滿意□尙可□待改進　◎封面設計／□滿意□尙可□待改進　◎定價／□滿意□尙可□待改進		
推薦好友，讓他們一起分享出版訊息，享有購書優惠　1.姓名：　e-mail：　2.姓名：　e-mail：		
其他建議：		

廣告回信 郵資免付
台北郵局登記證
台北廣字第00675號

TO：蓋亞文化有限公司　收

103 台北市承德路二段75巷35號1樓

GAEA

GAEA